Michele Sgamma

Storie di ordinaria pazzia

Vol. 1

MNAMON

Lo strano caso del motociclista folle

Oggi mi è successa una cosa che ha dell'incredibile e voglio raccontarvela. Era tardo pomeriggio, il sole era ancora caldo e stavo tornando a casa in moto dal concessionario. A un certo punto al bordo della strada ho visto un uomo che prendeva a calci la sua moto, la prendeva proprio a calci! La gente che gli passava di fianco in macchina lo guardava sbigottita, ma nessuno si fermava.

Mi sono fermato. Ho accostato la moto. Sono sceso e mi sono avvicinato all'uomo. Era tutto rosso, sudava, tremava e imprecava. Avrà avuto 50 anni. Vedendomi si è fermato e poi si è scagliato ancora sulla moto, buttandola in terra. Gli ho chiesto il motivo di quel folle gesto. Alla mia domanda si è calmato, mi ha detto che ero stato il primo a fermarmi, che tutti quanti gli passavano accanto guardandolo come un alieno e che solo io mi ero preoccupato del motivo per cui si comportasse così. Ha iniziato a raccontarmi la sua storia.

Mi ha raccontato, in lacrime, che aveva perso da poco la moglie, l'unica donna che avesse mai veramente amato in vita sua e che quella moto era l'unico mezzo che avesse mai amato veramente in vita sua e ora l'aveva lasciato a piedi. Con quella moto aveva conosciuto la donna che poi diventò sua moglie, l'amore della sua vita. Su quella moto si erano innamorati, avevano girato mezzo mondo e con la stessa moto si erano sposati. E ora anche lei l'aveva abbandonato, come se l'amore per la povera moglie defunta e quella moto corressero su un unico filo. Stava andando al cimitero, aveva un mazzo di rose blu nella borsa laterale. Le sue preferite. Mi sono offerto di accompagnarlo al cimitero. Ha accettato.

L'ho aiutato a tirar su la moto e l'abbiamo parcheggiata in un angolo della strada. L'avrebbe recuperata in seguito. "Spero di non trovarla più! Spero che qualcuno se la porti via" ha detto l'uomo con un filo di voce.

Ho ripreso la strada al contrario, verso il cimitero. Al cimitero siamo arrivati davanti a una tomba di terra, ancora senza lapide. Sulla croce di legno c'era una foto con l'immagine di una bellissima ragazza su una moto e sullo sfondo un paese di mare. La ragazza in moto avrà avuto neanche 30 anni. In mano aveva una rosa blu. Mi ha spiegato che le aveva scattato quella foto la prima volta che erano usciti insieme. Non gli ho chiesto altro. Sono andato via lasciandolo al suo dolore e ai suoi ricordi.

Mentre m'incamminavo verso l'uscita, mi ha chiamato e mi ha detto questa frase: "Non aver mai paura di innamorarti, anche se ti farà male. Perché quando sarai solo, i ricordi saranno l'unica cosa che ti terrà in piedi".

Uscito dal cimitero, mi sono diretto verso la moto e nel tornare indietro sono passato dal punto in cui ho incontrato quell'uomo. Ma la strada era piena di polizia, vigili del fuoco e ambulanze, che mi han costretto a fare una deviazione. Ho chiesto a un poliziotto cosa fosse successo e mi ha detto che un camion ha perso il controllo invadendo la corsia opposta e ribaltandosi, ha provocato un incidente mortale nel quale sono state coinvolte diverse auto. Quando gli ho chiesto a che ora era successo mi si è gelato il sangue.

Esattamente nel momento in cui mi sono fermato da quell'uomo, nel momento esatto in cui mi sono fermato per vedere perché quell'uomo prendeva a calci la sua moto, un camion qualche centinaio di metri più avanti perdeva il controllo provocando un disastro. Chissà se rivedrò mai quell'uomo.

Coincidenze a quattro zampe

Quest'altro avvenimento che vi racconterò potrebbe classificarsi in quella categoria che qualcuno chiama "predestinati" o "protetti". A me piace pensare che siano solo coincidenze. Solo pure coincidenze.

Questa notte mi sono svegliato di soprassalto. Un brutto incubo, di quelli pesanti, di quelli che t'imbruttiscono la giornata. Nel sonno sentivo una voce che continuava a ripetermi di svegliarmi. Non so da dove venisse quella voce, ma non l'avevo mai sentita. Era profonda. Ho aperto gli occhi di scatto. La mia micia era sdraiata sopra di me e mi fissava. Quegli occhi gialli sembravano fanali nel buio.

Ho guardato l'ora sul cellulare. Le 4:00 di mattina. Alla sveglia mancava ancora un'ora. La micia ha iniziato a miagolare in modo strano. Un miagolio lungo, profondo, quasi sofferto. Mi sono alzato col cuore che sembrava un tamburo. Sono andato in cucina e ho messo su il caffè. Sulla porta la micia continuava a fissarmi, immobile. Poi ha ricominciato. Ancora quel miagolio profondo e sofferto. Non l'avevo mai sentita miagolare in quel modo. Di solito Cleopatra è silenziosa, difficilmente miagola. Mi sono avvicinato ma è scappata in camera. L'ho seguita, non capivo cosa avesse ma quello che ha fatto dopo mi ha lasciato basito.

Cleopatra teneva fra le zampe la sveglia di metallo e con la testa la spingeva tentando di farla cadere dal mobile. Appena mi sono avvicinato mi ha soffiato e ha tentato di graffiarmi. L'ho lasciata stare. Sono tornato in cucina alla mia moka e al mio caffè che nel frattempo stava salendo, spargendo nell'aria il suo dolce aroma. Tornare a letto era inutile. Da lì a poco mi sarei dovuto svegliare. Ho fatto colazione pensando alla giornata che mi si prospettava. Intanto Cleopatra ha ricominciato con quel miagolio gutturale dalla camera. Ho guardato l'orologio. Le 5:00 di mattina. Quello che è successo nell'ora seguente potrebbe essere buon materiale per la troupe di qualche trasmissione sui fenomeni strani e inspiegabili.

Alle 5.25 la sveglia ha cominciato a suonare. La tengo sul comodino lontano dal letto, in modo che per spegnerla devo per forza alzarmi. E' un vecchio sistema che sperimento con successo da anni.

Sono andato in camera per spegnerla ma Cleopatra ha iniziato a saltarmi sulle gambe graffiandomi. Non l'avevo mai vista così. Graffiava, soffiava e inarcava la schiena. Qualche secondo e poi un botto simile a un petardo. Sono corso in camera. Frammenti di vetro, metallo e plastica erano sparsi ovunque. La mia sveglia era ovunque, sul letto, sul pavimento, ovunque. Bastava solo un minuto prima e mi sarebbe esplosa in faccia. Non è la cosa più divertente del mondo una sveglia che ti esplode in faccia alle 6:00 di mattina.

Ho cercato la micia. Non c'era più da nessuna parte. L'ho cercata in ogni angolo della casa. Mi sono vestito e mentre stavo per uscire, un brivido mi ha fatto voltare.

Cleopatra era dietro di me e mi fissava. Aveva qualcosa in bocca. Sembrava un pezzo di carta. Era una foto. L'ho guardata bene.

Era una vecchia foto in bianco e nero, ingiallita dal tempo. Un uomo e una donna sorridevano nella foto. L'uomo aveva un cappello e folti baffi. Era in sella a un vecchio motorino. La donna aveva i capelli raccolti e indossava una gonna lunga. Teneva in braccio un gatto. Un gatto nero. Ho deglutito. Sul retro della foto c'era una data scritta a penna: 1 settembre 1913.

Incubo di una notte di mezza estate

Voglio raccontarvi un sogno che feci anni fa, circa quattro per l'esattezza. Un incubo, che negli anni si è mantenuto vivo nella mia memoria. Forse perché sembrava così maledettamente reale.

In quei giorni mi trovavo a Varzo, nella casa di montagna. Non ricordo esattamente perché, ma ero lì e quella notte ero andato a dormire nel silenzio mistico che solo in quella casa di montagna ho mai sentito. Dicono che il troppo silenzio ti fa sentire anche i rumori più lontani e impercettibili. Ciò aumenta il senso di suggestione in una persona. La suggestione ti fa vedere e sentire cose che non ci sono, creando così un effetto a catena che si ripercuote nella mente. Fatto sta che nel sogno io mi trovavo esattamente dov'ero, cioè nel mio letto, nella mia cameretta della casa in montagna.

A un certo punto il silenzio è stato interrotto da strani rumori che venivano dalla cucina. Mi sono alzato. In cucina la televisione era accesa. Ma la cucina non era vuota. In piedi, immobile, al buio davanti alla televisione c'era una figura. Una donna. Era mia nonna. Mi sono avvicinato. Ho capito che era mia nonna ma non riuscivo a riconoscerla. Così mi sono avvicinato di più e ho chiesto: "Chi sei?".

A quella domanda ha girato di scatto la testa e con una voce demoniaca mi ha urlato: "TORNATENE A LETTO!". Sono scappato e mi sono chiuso in cameretta e la cosa-nonna mi ha seguito prendendo a pugni la porta della cameretta. Mi sono svegliato di soprassalto. Sono andato in cucina a controllare che la televisione fosse spenta e che non ci fosse nessuno. Quando il cuore ha ripreso il suo normale battito, sono tornato nel mio letto. Solo parecchio tempo dopo sono riuscito a prendere nuovamente sonno.

Questo incubo mi ha tormentato per anni. Ha vissuto in me come un tatuaggio vive sulla pelle. Troppo vivido, troppo reale. Spesso mi sono chiesto il significato di un incubo di questo tipo. Un incubo nell'incubo. Ma forse non c'è una spiegazione. O forse va ricercata nel subconscio. In quel posto dove si annidano tutte le nostre paure, le nostre ansie, le nostre angosce quotidiane. Forse siamo davvero legati a qualcosa da un filo invisibile, magari questo qualcosa è un mondo parallelo, una dimensione parallela alla nostra. Spesso mi sono chiesto se esiste "vita oltre la morte", ma forse sarebbe più corretto chiamarla "vita oltre la vita", visto che continua.

Non lo so, probabilmente non lo saprò mai. D'altra parte chi può dirlo con assoluta certezza? Chi può veramente affermare se siamo nient'altro che esseri biologici destinati a consumarsi e spegnersi oppure siamo messaggeri di un altro mondo?

Ad ognuno le sue risposte.

Il cane e la bambina

Lorenzo guarda l'orologio. Le 14.45. Mancano ancora 15 minuti all'apertura del mercatino dell'usato. E allora che fa? Decide di ingannare l'attesa con un gelato. Fa caldo, molto, è un pomeriggio estivo di agosto. Lorenzo si reca nel vicino centro commerciale, che a quell'ora è poco frequentato; giusto qualche mamma col suo bambino e qualche anziano con la spesa. Appena dentro Lorenzo è attirato da una musica stile carillon e dall'insegna luminosa "Il Vero Gelato Artigianale". Non se lo fa ripetere.

Si avvicina ingolosito al chiosco, dove una ragazza sui vent'anni gli sorride da dietro il bancone e gli spiega che lì, solo lì in quel chiosco, hanno un gelato particolare, di quelli che non ha mai assaggiato in vita sua. Lorenzo decide di stare al gioco. La ragazza sembra simpatica, ha un bel sorriso e una bella voce. Prende il suo cono, pistacchio e cocco, i suoi gusti preferiti e va a sedersi su una panchina che c'è lì vicino. Mentre sta per assaggiare il gelato, Lorenzo ripensa alle parole della gelataia. Gli viene da sorridere, ma appena assaggia il gelato gli succede qualcosa, qualcosa di strano. Lorenzo è sbalordito e prova come una sensazione di estasi. Non ha mai provato un sapore così, nonostante prenda sempre lo stesso gelato. E' buono, ottimo, no, di più pensa. Lorenzo è estasiato. Torna a casa, ma ripensa a quel sapore.

Così il giorno dopo ritorna ma questa volta chiede alla gelataia il segreto di un sapore così buono ed estasiante. Mossa sbagliata. "Se te lo dico, dopo devo ucciderti." Queste sono le parole che la giovane gelataia rivolge a Lorenzo. Il suo sguardo però questa volta è freddo, non c'è più il sorriso nelle sue labbra e la voce sembra abbia perso armonia. Lorenzo ha un brivido. E' a disagio. Ha una brutta sensazione e così decide di andar via. Si reca al mercatino dell'usato. Il mercatino sembra un vecchio scantinato, è tenuto male e c'è odore di polvere nell'aria. Lorenzo cerca dei libri a caso e intanto quella sensazione di disagio non va via. "Se te lo dico, dopo devo ucciderti". Quella frase gli risuona nella mente come un male che consuma da dentro. Lorenzo acquista tre libri per pochi euro, paga in contanti ed esce. Ma non va a casa. Va in macchina, posa i libri e torna alla gelateria.

Giovanni Passalacqua è un agente di polizia. Quel giorno non è di servizio, è in borghese e sta facendo la spesa con la moglie. Giovanni e sua moglie sono clienti abituali del centro commerciale e lo conoscono bene. Quella sera hanno ospiti a cena e passando davanti alla gelateria decidono di fermarsi. Giovanni, come i suoi ospiti, ama il gelato, ma quella gelateria non l'ha mai vista prima. Lo fa notare alla moglie e, richiamati dalla musica stile carillon, entrano. La moglie di Giovanni è convinta di essere una sensitiva e nella sua testa sente che c'è qualcosa di strano. Una voce le dice di andare via, quel posto è carico di energia negativa e di qualcosa di malvagio. Giovanni non crede a queste cose, per lui sono tutte sciocchezze, in più la giovane gelataia è simpatica e gentile. A quel punto Giovanni e sua moglie iniziano a discutere animatamente, tanto che alcune persone che passano di lì si fermano incuriositi. La discussione diventa violenta e i due coniugi dalle parole passano alle mani. Giovanni perde il controllo e colpisce sua moglie, un colpo secco, al volto, che la manda per terra. La donna batte la testa e perde i sensi. E' in quel momento che Lorenzo arriva, assiste alla scena e interviene in difesa della donna. Afferra l'uomo da dietro e lo scaraventa per terra. Nel frattempo un passante chiama la polizia e la avvisa che in quel centro commerciale è scoppiata una tremenda rissa. Giovanni, che ha con sé la pistola anche quando non è in servizio, tira fuori l'arma, la punta contro Lorenzo e spara. Un colpo solo, che colpisce Lorenzo al fianco, all'altezza del fegato. Lorenzo cade a terra in un lago di sangue. A quel punto, la giovane gelataia, che ha assistito a tutta la scena dall'inizio, in silenzio, afferra un coltello da torta e va verso Giovanni, che nel frattempo si è rialzato e sta chiamando il 118. Giovanni non ha il tempo di rendersi conto di cosa stia succedendo, è ancora sconvolto per quello che ha appena fatto e non si accorge del coltello. La gelataia lo colpisce con violenza, più volte, sempre allo stomaco. Dopodiché prende il telefono di Giovanni, avvisa il 118 e si mette il telefono in tasca. In quel momento due poliziotti entrano nel centro. La gelataia li vede e scappa.

I due poliziotti si trovano così di fronte a una scena di morte che non ha apparentemente nessun senso. Ci sono una donna per terra priva di sensi, un ragazzo e un uomo in un lago di sangue. In quella scena di morte il poliziotto si avvicina all'uomo a faccia in giù e lo riconosce. E' il suo collega, che quel giorno è in borghese. Respira ancora. Nel frattempo l'altro poliziotto è corso dietro la gelataia, l'ha vista entrare nella gelateria. Entra, vede una porta e la apre.

Ci sono delle scale che scendono verso una cantina buia e maleodorante. C'è odore di muffa, c'è odore di morte lì sotto. Il poliziotto lo sente, ma scende lo stesso, perché nel frattempo il suo collega gli ha appena comunicato che l'uomo a faccia in giù in un lago di sangue è il loro collega Giovanni, conosciuto come Nino fra i colleghi e gli amici. Nel frattempo arrivano due ambulanze. In una corsa contro il tempo, gli ambulanzieri portano la donna, Lorenzo e Nino al pronto soccorso del vicino ospedale, dove Nino morirà poco dopo. Anche il poliziotto che è rimasto sulla scena del delitto decide di seguire il suo collega e scende nello scantinato. Un odore di muffa e di morte lo investe, tanto che deve mettersi un fazzoletto al volto per non perdere i sensi. Si fa luce con la torcia. La cantina è vuota, solo qualche vecchio scatolone e qualche topo. Il poliziotto raggiunge il collega e iniziano a cercare la gelataia. L'odore è insopportabile ma proprio quando i due poliziotti decidono di tornare di sopra, vedono un'altra stanza. Non è una stanza, è la porta di una cella frigorifera. La aprono, fanno luce e quello che vedono gela loro il sangue. Appesi a dei ganci da macellaio ci sono tre corpi umani, due uomini e una donna.

A questo punto i due agenti chiedono rinforzi via radio. La situazione è più grave di quello che sembrasse. In giro c'è un killer psicopatico, un mostro, un piccolo mostro che potrebbe avere le sembianze di una giovane e gentile ragazzina. Viene dato l'allarme a tutte le volanti in zona e alle vicine centrali di polizia. La ragazzina potrebbe essere ancora in quella cantina oppure potrebbe essere scappata chissà dove. Facendosi coraggio uno dei due poliziotti entra nella cella, si avvicina ai cadaveri e fa luce con la torcia. Nota un segno, uno strano segno. Tutti e tre lo possiedono e tutti nello stesso punto. Sul petto, all'altezza del cuore c'è incisa una croce, ma non una croce normale, bensì una croce capovolta. Il diavolo, il simbolo dell'Anticristo, Satana. E Satana è ancora lì in quel luogo, lo sentono. Satana però è furbo, è silenzioso e colpisce nell'ombra. E lo fa col sorriso. Il sorriso di una bella e giovane ragazza, simpatica e gentile e che serve gelati. Gelati particolari, gelati al gusto umano.

Il coltello da torta penetra prima nel fianco del poliziotto, dopodiché come un mostro nell'ombra, recide il tendine dell'altro poliziotto. Satana ha colpito ancora. Sorridendo chiude la porta della cella frigorifera, si asciuga il sangue sul grembiule e torna di sopra, a servire gelati. Satana è furbo, ma ha fatto un errore. Oppure è quello che vuol far credere.

Ad aspettarla decine di poliziotti. Satana li guarda mentre viene portato via, sorride e poi dice loro che un gelato così non l'hanno mai assaggiato.

Da un ritaglio di giornale trovato all'interno della gelateria: "20 agosto 2003: Ragazzina di 10 anni uccide nel sonno entrambi i genitori. Quando gli agenti sono entrati in casa, tre giorni dopo, allertati dai parenti, l'hanno trovata sul letto fra i cadaveri del papà e della mamma, con un carillon in mano". "Non mi volevano comprare il gelato" si giustifica sorridendo la bambina. Secondo la legge italiana, la bambina non è imputabile. Il codice penale, infatti, dice che non è imputabile chi nel momento in cui ha commesso il fatto, non aveva compiuto i 14 anni". Alice rimane in orfanotrofio fino al 2006, anno in cui in Italia vengono chiusi definitivamente. Alice viene quindi adottata da una famiglia dopo essere stata inserita in un programma di affido familiare, la stessa famiglia che anni dopo verrà ritrovata nella cella frigorifera di quello scantin to. Di Alice si perde ogni traccia. Sparita nel nulla. La polizia perquisisce tutta la casa ma nulla sembra portare a dove potrebbe nascondersi. Niente, nessun indizio. In casa c'è solo il cane, il cane di Alice. Un Labrador nero che si chiama Bonzo. Bonzo, come il cane di un vecchio cartone animato. Nero, come quello che rappresenta. Il Labrador nero, infatti, nell'esoterismo è il simbolo del diavolo. Forse allora non è proprio una casualità che la ragazzina psicopatica e omicida e il cane, simbolo esoterico del male, siano così legati. Così morbosamente e ossessivamente legati. E allora perché Alice non l'ha portato con sé? Forse c'è un patto fra i due, l'ennesimo patto di sangue fra il cane e la bambina.

Lorenzo è ricoverato nel reparto di chirurgia generale dell'ospedale cittadino. I medici dicono che si riprenderà. Ha saputo che il poliziotto che gli ha sparato non ce l'ha fatta. Tutto torna, pensa Lorenzo. E' un pensiero amaro, ma lui è vivo e questo conta.

Sono le 7.45 di una mattina autunnale. Lorenzo aspetta l'infermiera per la medicazione quotidiana. L'infermiera entra col carrello e si avvicina al letto di Lorenzo. E' giovane, molto carina e ha un bel sorriso simpatico. Ma c'è un particolare. Lorenzo quell'infermiera non l'ha mai vista. Non è la stessa che ogni mattina passa per la medicazione. Ma c'è un altro particolare che a Lorenzo non sfugge. Il nome sulla divisa. Questa nuova infermiera si chiama come l'altra. Lorenzo glielo fa notare ma la giovane infermiera gli risponde che è una coincidenza, che può capitare. Si sentono delle urla dal corridoio. Qualcuno corre, qualcun altro chiama spaventato il caposala. Un cane, un Labrador nero si sta aggirando per il corridoio. Bonzo entra nella camera di Lorenzo e si avvicina alla giovane infermiera. "Di chi è quel cane? Come ha fatto a entrare? E che fine ha fatto Antonia, l'infermiera che mi medica di solito?" chiede Lorenzo, inquieto. La giovane infermiera si avvicina, prende il braccio di Lorenzo tenendo in mano la siringa. Il sorriso l'è sparito dal volto, la sua voce cambia, è piatta e senza armonia: "Se te lo dico, dopo devo ucciderti".

Le lancette dell'orologio segnarono le 20:00. La vecchina accese il vecchio televisore a tubo catodico per vedere le notizie del telegiornale. La conduttrice annunciò le notizie con la solita mono espressività che la contraddistingueva.

"Ancora ignote le cause della tragedia che ha sconvolto la città questa mattina. Un duplice omicidio e un suicidio che vede coinvolti i due parroci della parrocchia di San Fedele. L'altra vittima è un ragazzo sui trent'anni circa di cui non sono ancora note le generalità. Una scena agghiacciante quella che si è presentata agli occhi degli investigatori. L'anziano parroco e il ragazzo, secondo la ricostruzione, sono stati trovati nel boschetto appena fuori dal cimitero. A trovarli e ad avvertire la polizia, un signore che passava da quelle parti in cerca di funghi. Accanto ai corpi senza vita l'assassino, un ragazzo con evidenti problemi psichici. Il ragazzo, che potrebbe aver agito in seguito a un violento raptus, stringeva a sé un bambolotto al momento del ritrovamento. Non si è ancora trovata l'arma del delitto. Ignote anche le cause della morte del giovane prete della stessa parrocchia, Don Andrea, trovato cadavere di fianco al crocefisso. Sembra si tratti di suicidio. La vittima aveva fra le mani una pistola e un biglietto con la scritta: "Chiedo perdono a Dio e agli uomini. Possa Dio avere cura della mia anima e liberarmi dall'oblio dei dannati". Gli investigatori stanno indagando per capire se le morti sono collegate fra loro". La vecchina a quelle parole e alla vista di quelle immagini macabre ebbe un malore. In quel momento i vicini sentirono il pianto di una bambina, un urlo e un tonfo sordo.

Tre giorni prima.

Erano gli ultimi giorni di ottobre. Il paese si preparava a festeggiare la vigilia di Ognissanti. La sveglia suonò puntuale alle 6:15. Lorenzo si svegliò di malavoglia, come tutte le mattine alla solita ora. Un'altra dura giornata di lavoro lo aspettava, ma era rincuorato dal fatto che stesse arrivando il tanto atteso weekend. Halloween era nell'aria e aveva in mente grandi cose per quel fine settimana, ma soprattutto aveva un estremo bisogno di riposo e di relax. Non era stata una settimana facile e le cose al lavoro non andavano benissimo da un po' di tempo. Era una fredda mattina di autunno e il cielo plumbeo ricreava un'atmosfera malinconica simile al ritmo di una vecchia canzone blues. Gli alberi, già spogli, sembravano scheletri che agitavano le ossute braccia al cielo. Lorenzo si alzò, mise la felpa e accese la moka per il caffè. Gli piaceva l'odore del caffè che si spargeva per tutta la cucina. Per Lorenzo era come una specie di rito ormai. Bevve il caffè con calma, pensando agli impegni della giornata. Uscì in balcone e si accese una sigaretta. Nella sua felpa, avvolto dal fumo, dal buio e dal silenzio, si sentì per qualche minuto al sicuro. La quiete che precede la tempesta. Guardò per un attimo giù dal balcone. Pensò a quanto terribile doveva essere cadere da quell'altezza. Pensò al dolore fisico. Quel pensiero lo fece rabbrividire. Entrò in casa e finì di prepararsi, pensando come a volte la mente potesse viaggiare verso i pensieri più reconditi e oscuri dell'animo umano. Mentre si specchiava, sentì improvvisamente freddo. Un freddo strano, intenso, che prima gli partì dal braccio e poi si profuse per tutto il corpo. Lorenzo cominciò a tremare, a battere i denti, come se la temperatura in casa fosse scesa di almeno dieci gradi. Non capiva cosa stesse succedendo. Eppure stava bene, ma il freddo lo bloccava. Lorenzo guardò nello specchio. Quello che vide gli bloccò un urlo in gola. Alle sue spalle c'era una bambina che lo fissava. Avrà avuto 6 o 7 anni. Era scalza, aveva i capelli lunghi arruffati, un pigiamino bianco e teneva in braccio un bambolotto. Lorenzo si voltò di scatto. La bambina sparì nel nulla. Il freddo cessò di colpo e la temperatura tornò nella norma.

Lorenzo uscì da casa di corsa e guidò come un pazzo fino al posto di lavoro, con l'immagine della bambina stampata nella testa. Arrivato al lavoro, non salutò nessuno, nemmeno Maurizio, il suo collega. Gli passò davanti senza neanche guardarlo.

"Ehi non si saluta più?".

Maurizio pensò a uno scherzo ma poi vide che Lorenzo non stava bene. Sembrava smarrito.

"Lorenzo che hai? Non stai bene? Sei bianco cadaverico!".

"No Maurizio, non sto bene. Scusami, mi è successa una cosa che se te la racconto non ci credi!".

L'aspetto di Lorenzo non era buono, era visibilmente spaventato.

"Dai siediti e racconta, ti prendo un po' d'acqua. Forse però è meglio se vai a casa e ti riposi, tanto oggi il capo non c'è. Si è preso il weekend lungo".

"Per la riunione di mezzogiorno con i coreani m'invento qualcosa. Dai, dico che sei dovuto andare via per un impegno improvviso. Ehi mi senti? Ti ho detto… ".

"Ho sentito cosa hai detto! Non riesco a pensare in questo momento! Dammi qualche minuto per riprendermi!".

"Maurizio, secondo te sono pazzo?".

"Qualche volta fai cose strane, ogni tanto parli da solo, ma chi non lo fa? Sicuramente sei molto meno noioso e scontato di tanti altri; diciamo che la tua follia ci ha risolto tante campagne pubblicitarie. Ma si può sapere che ti è successo?".

"C'era una bambina stamattina in casa prima di uscire".

"Una bambina? Ah ho capito, hai scoperto di avere una figlia che non sapevi di avere!". Maurizio rise.

"No, c'era davvero, l'ho vista!".

Lorenzo spiegò a Maurizio quello che aveva visto, gli fece la descrizione della bambina.

"Cavolo, magari sei solo stressato, poi sai a volte la suggestione insieme alla stanchezza gioca brutti scherzi".

"E il freddo improvviso come te lo spieghi?".

"Non lo so Lorenzo, non so che dirti. Ti consiglio di non pensarci più. Cerca di riposare questo weekend. Te l'ho detto, a volte la mente gioca brutti scherzi". "Già, la mia mente contorta".

"Beh, però" disse Maurizio, "potrebbe essere uno spunto per la nuova campagna pubblicitaria. Ci lavoreremo su!".

Lorenzo cercò di sdrammatizzare e non pensarci più e si dedicò al lavoro. La riunione con i coreani fu un disastro. Quella sera uscì e cercò di divertirsi. Tornato a casa, vinto dal sonno, si coricò come un sasso. Alle 6:15 il suono della sveglia lo fece sobbalzare. Eppure era sicuro di non averla programmata. Pensò di essersi sbagliato e tornò a dormire. Poco dopo arrivò il freddo, che gli fece battere i denti sotto le coperte. Lorenzo si strinse nelle coperte cercando di non pensarci, chiuse gli occhi per paura di vedere qualcosa, o meglio qualcuno. Durò qualche minuto che a lui parve un'eternità, poi di colpo cessò. La sera seguente controllò la sveglia e si assicurò che fosse disattivata. Ma dentro di sé stava iniziando a capire che presto sarebbe sceso in guerra contro la sua parte razionale. Domenica mattina alle 6:15 la sveglia suonò come un cattivo presagio e dopo qualche minuto Lorenzo si trovò a far di nuovo i conti con le sue paure. Il freddo improvviso lo colse di nuovo impreparato. Scattò in piedi. La bambina era ai piedi del letto, scalza, immobile e lo fissava. Lorenzo urlò. Un urlo che squarciò il silenzio. Poi tremante si rimise a letto, dove vi rimase per tutto il giorno.

Il giorno seguente Lorenzo si alzò prima dell'alba e uscì a piedi. Non sarebbe andato al lavoro quel giorno, e forse neanche quello dopo. Si ritrovò a camminare per le vie cittadine, che a quell'ora si presentavano spoglie e sgombre di traffico e di gente. L'autunno si presentava ai suoi occhi in tutto il suo macabro splendore. Non si era mai accorto di quanto fosse bella la città sotto quella veste: le foglie formavano a terra tappeti multicolori gialli e verdi e una leggera foschia si stendeva come un velo trasparente. Le prime luci comparivano alle finestre dei palazzi. Un silenzio surreale faceva da cornice a un paesaggio quasi magico, che da lì a poco si sarebbe trasformato nella solita bolgia infernale. Camminando Lorenzo si ricordò di una chiesa nella parte vecchia della città, dove suo papà lo portava ogni tanto da piccolo. Quelle domeniche d'inverno erano il simbolo della festa in famiglia e dei pomeriggi con gli amici del cortile, o in oratorio, fra partite di pallone e corse su vecchie biciclette scassate. Erano passati pressappoco 20 anni dall'ultima volta che ci aveva messo piede. Per una ragione quasi istintiva decise di andarci, forse per il bisogno di riscoprire un luogo di culto in cui poter stare in silenzio a pensare o forse per il bisogno di parlare con qualcuno. Si chiese se ci fosse ancora quel vecchio parroco di quand'era bambino, quello che profumava sempre di incenso e che gli grattava sempre la testa parlando lentamente, con quel suo braccio magrissimo. Nessuno aveva mai saputo perché avesse un braccio più piccolo dell'altro. Era vecchio già all'epoca, pensò Lorenzo, ora sarà rimasta di lui una targa con il nome.
Arrivò così quasi senza accorgersi, immerso com'era nei suoi pensieri, nella città vecchia, dopo aver camminato per quasi un'ora. Si ritrovò a passare attraverso stretti vicoli, popolati ormai quasi del tutto da venditori ambulanti. Un profumo di dolci, misto a odore di fritto, iniziava a riempire l'aria. Di

quando in quando passava lentamente una macchina. Nel frattempo un tiepido sole aveva fatto capolino e una nuova alba si stagliava nel cielo. Lorenzo emerse da quei vicoli stretti e bui e si ritrovò nella piccola piazza, dove ora c'erano una gelateria, una piccola trattoria, un bar e una libreria. Percorse qualche metro e si trovò dietro la piazza, di fronte a lui la chiesa, come se la ricordava da bambino. Non era cambiato nulla. C'era ancora la vecchia porta di legno, consumata dal tempo, col batacchio di ferro battuto. Lorenzo aprì la porta di legno ed entrò.

Un forte odore di incenso lo avvolse, insieme a una pace incredibile. Dalle piccole vetrate colorate, angeli e santi sembravano scrutarlo. Lorenzo si avvicinò lentamente all'altare e si sedette su una panca. Lorenzo non sapeva pregare. Da troppi anni s'era dimenticato come si facesse, da troppo tempo un senso interno di rifiuto alla fede s'era impadronito di lui. Guardava il crocefisso e non vedeva altro che la statua di un uomo attaccata a una croce, senza comprenderne il senso. Così rimase in silenzio, finché sentì una presenza alle sue spalle.

"Non sono molti i giovani al giorno d'oggi che entrano in una chiesa a pregare".

Lorenzo si voltò di scatto. Un uomo vestito di nero sorrideva dietro di lui.

"I giovani al giorno d'oggi hanno perduto il valore della fede!".

La faccia pulita e senza rughe, i fitti capelli neri e una postura eretta lasciavano presagire la sua giovane età. Lorenzo pensò che dovesse avere pressappoco i suoi anni.

"Buongiorno padre" disse Lorenzo con un filo di imbarazzo.

"Buongiorno giovanotto, cosa ti porta nella casa del Signore?".

Lorenzo strinse una mano liscia dalla stretta decisa.

"Vede Padre, in realtà non so bene cosa mi abbia spinto a venire fin qui, ma mi ricordavo di questa chiesa perché ci venivo da piccolo. Mi è successa una cosa strana ultimamente".
Il prete prese posto vicino a Lorenzo.
"Dimmi tutto, ho un po' di tempo prima che arrivino i miei vecchietti" disse sorridendo.
Lorenzo raccontò al parroco ciò che gli era accaduto: raccontò della bambina e gli parlò della sua perdita della fede molti anni prima. Il prete ascoltava Lorenzo con visibile interesse; ogni tanto buttava un occhio al crocefisso e sospirava, prendendo il suo fra le mani. Quando Lorenzo ebbe finito sentì un leggero senso di disagio. Non era sicuro che avesse fatto bene a raccontare tutto ciò a uno sconosciuto prete.
"Ora è meglio che vada. Mi scusi se l'ho infastidita padre".
"No anzi, ce ne fossero di più di giovani che passano qui nella casa del Signore a sfogare le loro angosce!".
"Non viene mai nessuno qui a parlare come ho fatto io?".
"No. Solo qualche vecchietto a confessarsi e a sentir messa la domenica".
"Immagino non abbiano grandi peccati da farsi perdonare".
"A parte qualche battibecco con la moglie e qualche brutta parola con gli amici del circolo, direi di no. Di solito con un paio di preghiere se la cavano sempre e si rimettono a posto la coscienza".
"Magari fosse così facile Padre. Per me non è con un paio di preghiere che riuscirò a scordare ciò che mi è successo!".
"Non c'è nulla che la fede e il tempo non possano risolvere".
"Già, ma io di tempo non ne ho molto e di fede ancora meno, anzi per nulla!". "Oggigiorno sembra che nessuno abbia più tempo per nulla. Vanno tutti di corsa, ma nessuno sa dove. Non si ha più tempo per i rapporti umani, eppure basterebbe così poco per avvicinarsi, parlarsi. E' così stupido sapere di esserci e fingere di non vedersi".

"Ha ragione Padre ma riguardo a quello che le ho raccontato, cosa ne pensa?". "Oh certo. Beh è una cosa singolare ma chiamami Don Andrea. Non sono così anziano. Chi c'era prima di me era un vero Padre, un parroco d'altri tempi!". "Ah si ecco, mi ricordo di lui. Mi vuol dire che è ancora vivo? E dov'è ora?".

"Oh Padre Ernesto si è ritirato ormai da 3 anni. Vive in una casa modesta non lontano da qui. Ha una bella età ormai. Una donna si occupa di lui, una donna della parrocchia. Gli fa visita ogni giorno e fa in modo che non gli succeda niente di male. Sai a quell'età qualsiasi cosa può essere fatale!". "Ma quanti anni ha ora?".

"Credo sia arrivato ai benedetti 90".

"Cavolo 90! Che tempra!".

"Già. Una vita dedicata alla chiesa e ancora si direbbe che nessuno gliele canta. Ma si sa, a quell'età la memoria vacilla e certe volte bisogna stare accorti come si fa con i bambini".

"Mi darebbe il suo indirizzo? Vorrei fargli visita, anche se dubito si ricordi ancora di me".

"Va bene, dopo te lo scrivo. Un vecchio prete è custode di molti segreti. Sicuramente ti sarà più utile di me. Ma ritorniamo a noi, parlami ancora di questa bambina che dici di aver visto".

"La prima volta mi è apparsa tre giorni fa, mentre mi preparavo per andare al lavoro. L'ho vista nello specchio. La seconda volta mi è apparsa ieri mattina. Stava ai piedi del letto. Tutte e due le volte ho avvertito una sensazione di freddo improvviso prima che apparisse. Mi fissava. Aveva in braccio questa specie di bambolotto. Avrà 7 anni, non so. Sono terrorizzato Don Andrea. Ho paura anche ad andare a dormire per il timore di svegliarmi e vederla lì che mi fissa!".

"E dimmi, ti è mai successo prima un fatto analogo?".

"No, a dire il vero mai nella vita! A lei è capitato di vederne?".

"Personalmente no, ma è già successo che qualche presenza si sia manifestata. Di solito però lo fanno in modo più discreto diciamo. Qui siamo di fronte ad una vera e propria manifestazione".

"Ma perché proprio io?".

"I motivi possono essere tanti. Partiamo da quello più elementare".

"Cioè?".

"Questa presenza, questa bambina, potrebbe aver vissuto in passato dove abiti tu ora".

"Scusi ma prima di me in quel luogo ci avranno abitato migliaia di persone. Allora vuol dirmi che uno alla volta me li troverò tutti in casa?". "No, se tu non sei il punto di collegamento".

"Si spieghi meglio Don Andrea".

"Probabilmente questa presenza sta cercando in te un punto di collegamento. Forse ti sta chiedendo aiuto, forse ti sta guidando, forse è proprio lei che ti ha guidato fin qui".

"Già, ma perché? Qual è il nesso?".

"Non lo so, ma dopotutto non mi hai detto tu stesso che hai perso la fede molti anni fa?".

"Sì!".

"E che saranno stati almeno 20 anni che non mettevi piede qui dentro?".

"Esatto".

"E guarda caso, esci da casa e istintivamente ti ritrovi a venire qui. Un po' strana come coincidenza" sorrise Don Andrea, che ostentava sicurezza esponendo le sue teorie.

Ora si era alzato e camminava nervoso vicino all'altare. Evidentemente la storia di Lorenzo lo coinvolgeva più di quanto avrebbe creduto. Lorenzo si era alzato a sua volta e lo seguiva.

"Io però non pensavo di trovare lei, Don Andrea. Io non la conoscevo".

"Giusto, difatti tu ti ricordavi dell'altro parroco".

"Padre Ernesto!" esclamarono entrambi guardandosi meravigliati.

"Già, ma in che modo Padre Ernesto potrebbe essere il collegamento fra te e la bambina?".

"Non lo so, non ne ho idea. Usciamo un po' che ne dice?".

"Sì, buona idea!".

Uscirono all'aperto. Nella piccola piazza davanti alla chiesa era stato allestito il mercato.

"Oggi è giorno di mercato. Ti piace il mercato?" disse Don Andrea sorridendo.

"Sì mi piace, è rilassante. Penso che ne approfitterò per fare qualche acquisto a basso costo".

"Bravo, chissà magari ti viene in mente qualcosa".

"Chissà! Ho tanta paura Don Andrea". Lorenzo si accese una sigaretta.

"Non dovresti fumare. Il fumo uccide!".

"C'è una cosa, Don Andrea, che uccide più del fumo".

"E cosa? Sentiamo!".

"La fede".

"Oh questa poi! La fede può fare miracoli, caro ragazzo".

Nel frattempo la chiesa iniziava a riempirsi di gente, persone per lo più di una già avanzata età.

"Oggi porgiamo l'ultimo saluto a un nostro caro" disse Don Andrea guardando la massa di teste bianche che entrava in chiesa.

"Un funerale" rispose Lorenzo. "Perché voi preti fate tutti questi giri di parole per dirne una sola?".

"Siamo grandi oratori".

"Vero, è in questo modo che incantate la gente".

"Su ora vai, avrai anche tu da fare. Rimaniamo in contatto e se hai bisogno chiamami, a qualsiasi ora!".

Lorenzo fece un mezzo sorriso e si allontanò scendendo gli scalini della chiesa.

"Don Andrea!".

"Sì?" rispose il prete voltandosi mentre stava già aprendo la porta.

"Grazie".

Lorenzo decise di fare un giro fra le bancarelle del mercato prima di tornare a casa. Vagava distratto fra il rumore della gente e le urla dei venditori quando si trovò a passare vicino a una bancarella di giocattoli usati. Era una piccola bancarella, allestita in modo semplice. Vicino, seduta su una piccola sedia di legno impagliata, c'era una vecchia signora. Indossava una gonna lunga e in testa un foulard di seta. Se ne stava lì in silenzio di fianco alla sua bancarella e guardava quel fiume di gente passare. Nessuno sembrava notarla. Qualcosa attirò l'attenzione di Lorenzo, che si avvicinò incuriosito. Sembrava una bambola. Avvicinandosi di più rimase di sasso. Quello che aveva davanti era proprio un bambolotto ma Lorenzo quel bambolotto l'aveva già visto. Sudore freddo cominciò a imperlargli la fronte. Quello era lo stesso bambolotto che teneva in braccio la bambina. Migliaia di pensieri cominciarono a intrecciarsi nella mente di Lorenzo. Una strana inquietudine lo pervase e per poco non perse i sensi.

Lorenzo, sconvolto com'era, interpellò la vecchia signora, che vedendolo in quello stato di agitazione, non gli negò un sorriso. "Che ti succede giovanotto? Sembri agitato".

"Quel bambolotto signora, quanti anni ha?".

"Oh quel vecchio bambolotto? Non eri nemmeno nato. Appartiene a un'epoca che non c'è più".

"A quale epoca?".

"All'epoca del Fascismo".

A quelle parole il sorriso scomparve dal volto della vecchina e lasciò il posto a un'ombra.

"Vorrei comprarlo".

"Devi regalarlo a qualcuno?".

"No signora, in realtà lo compro per me".

"Per te? E cosa ci devi fare con un vecchio bambolotto malconcio?".

"Apparteneva a lei la bambola?".

"Una volta, poi lo regalai a mia sorella più piccola che a sua volta lo regalò all'altra nostra sorella più piccola. Pace all'anima sua". "E' morta da tanto?".

"Poco più di 70 anni".

"Ah e come?".

"Bruciata". Una forte tosse colpì la vecchina, la quale si appoggiò alla bancarella per non cadere. Lorenzo la sorresse.

"Attento ragazzo, non è una bambola qualunque quella!".

"Perché? Cos'ha di particolare?".

"E' maledetta!".

"Mi piacerebbe saperne di più!".

"Ma cosa sei un poliziotto?".

"No, veramente sono un pubblicitario".

"E allora che vai cercando?".

"Risposte, signora".

"E le domande te le sei poste giuste?".

"Credo di sì e vorrei trovare delle risposte adeguate per non impazzire".

"Cosa ti è successo? E perché cerchi qui le risposte?".

"Sono capitato qui per caso, signora. Sono stato in chiesa a parlare col prete e nel tornare a casa ho voluto fare un giro nel mercato. Mi sono imbattuto nella sua bancarella attirato dalla bambola".

"Nulla accade per caso, non lo sapevi ragazzo? Tutto è mosso da un filo invisibile.

Tutto è collegato. Siamo anelli di una catena invisibile".

"Quindi mi sta dicendo che qualcosa mi ha portato qui da lei e, prima di lei, dal prete?".

"Qualcosa di oscuro, ragazzo".

"Comunque vorrei solo prendermi quella bambola e andarmene o almeno capirci di più e sapere da dove arriva".

"Per me te la puoi anche prendere. Te l'ho detto appartiene all'epoca fascista, ma solo il diavolo in persona sa veramente da dove arrivi". "Sembra che lei sia portatrice di tanti segreti, signora".

"Ho una certa età ragazzo. Ho vissuto molte epoche e ognuna mi ha segnato in modo diverso. Ogni tanto perdo colpi ma me le ricordo tutte". "E quella fascista immagino l'abbia segnata più di tutte".

"Sì è così. Fu il ventennio più duro, una dittatura tremenda, mai tanta violenza i miei occhi hanno più visto dalla fine del regime".

La vecchina tossì forte, come scossa da quel ricordo.

"Si sente bene, signora?".

"Sì, alla mia età è normale. Prima o poi arriverà un attacco definitivo e mi porterà via".

"Non dica così signora. Mi sembra ancora in forma".

"Sai quanti anni ho io, ragazzo? 90 precisi!".

La vecchina guardò il campanile della chiesa. Segnava le 11:00.

"E' quasi ora di pranzo. Sarà meglio andare".

"Già, tolgo il disturbo signora".

"No, nessun disturbo. Capita così raramente che un bel giovane si fermi a parlare con me! Accompagnami fino a casa ti va? Ti racconterò il resto della storia". "Va bene signora. Abita lontano?".

"Tre vie qui dietro".

Lorenzo aiutò la vecchina a sistemare e poi si diresse con lei verso la casa di quest'ultima, che si teneva sotto braccio a Lorenzo. Una piccola anonima casetta che dava sulla strada era l'abitazione della vecchina. Il cancello era arrugginito, il tetto era rotto e la porta rovinata. Dei gatti randagi si avvicinarono furtivamente quando entrarono dal cancello. La vecchina aprì un piccolo sacchetto e ne rovesciò il contenuto in terra. I felini si avventarono famelici su quelle frattaglie e diviso il bottino sparirono ognuno da dov'erano arrivati. L'interno della casa non era molto meglio dell'esterno. La mobilia era vecchia, alle pareti quasi grigie era appeso qualche quadro senza un ordine preciso. Si accomodarono in cucina. Odore di fritto e broccoli aleggiava nell'aria. La vecchina si adagiò su una vecchia poltrona in finta pelle e chiuse per un attimo gli occhi. Lorenzo la guardò con un misto di curiosità e tenerezza, ma quell'odore stantio gli faceva venire il voltastomaco.

"Accomodati caro, mettiti seduto".

"Quei vigliacchi" continuò la vecchina "non ci davano pace".

"Chi non vi dava pace?" chiese Lorenzo con un tono di apprensione.

"I fascisti! Ci perseguitavano, ci minacciavano e certe volte venivano in casa nostra e si prendevano le nostre cose, così per sfregio. Nostro padre e nostra madre erano brave persone, contadini. Vivevamo in una cascina e ci facevamo gli affari nostri. Eravamo tre sorelle e quattro fratelli ed io ero la più grande, ma il mio povero padre si conquistò le antipatie di qualcuno, che mise in giro per il paese la voce che eravamo una famiglia strana, che parlavamo male del partito e del Duce. Da allora cominciarono i soprusi".

"Capisco. Mi dispiace signora. Scusi se sono stato invadente con le mie domande".

"Oh non preoccuparti ragazzo, ormai è acqua passata, anche

se al contrario di quello che dice qualcuno, il passato non si cancella mai. Le ingiustizie della gente ti rimangono dentro a vita e quelle che hanno portato i fascisti non le auguro a nessuno".

"Capisco signora. Le dispiacerebbe dirmi di più di questo bambolotto?".

"Non capisco come mai sei così interessato a quel bambolotto maledetto".

"Come le dicevo prima, sto cercando risposte. Le racconterò la mia storia se lei mi racconterà la sua".

"Ogni volta che ricompare succede una tragedia. L'ultima vittima è stata mia nipote, qualche settimana fa, la figlia di mia figlia. Povera ragazza. Aveva solo 30 anni. Ha ritrovato il bambolotto in soffitta e dopo qualche giorno è morta in un incidente stradale".

"Sì. Ho letto la notizia sul giornale. La conoscevo di vista, mi dispiace".

"10 anni fa il figlio di mia sorella, povera creatura. Ritrovò la bambola in soffitta e la volle portare alla nipotina, la mise nel cestino della bicicletta ma non arrivò a casa. Un'auto lo investì uccidendolo sul colpo. Della bambola nessuna traccia finché non la ritrovò la mia povera nipote. Quella dannata bambola è stata l'unica cosa ad essersi salvata in quel terribile incendio del 1939. Da allora chi ne viene in possesso è vittima di qualche brutta tragedia ma non si sa come, la bambola torna sempre".

"Per questo vuole sbarazzarsene?".

"Certo, tanto qualunque cosa mi capitasse, non sarebbe una tragedia per una povera vecchia come me. Io ormai la mia vita l'ho fatta". "Mi parli di questo incendio".

"Oh io ho già parlato abbastanza. Tu invece non mi hai ancora detto del perché ci tieni tanto a questa bambola, a parte dirmi che cerchi risposte". "E' una storia un po' strana che mi è capitata qualche giorno fa".

"Raccontamela" rispose la vecchina. "Vieni, siediti qui vicino a me".

Prese un'altra sedia e la mise vicino alla poltrona. Lorenzo si sedette vicino alla vecchietta e le raccontò cosa gli era accaduto spiegando l'interessamento verso quel bambolotto. Quando ebbe finito di raccontare, la vecchina scuoteva la testa e sospirava. Dentro quegli occhi che avevano visto migliaia di orrori ci rivedeva ora la paura, un passato che ritornava improvvisamente a galla. "Non può essere" disse la vecchina che fece per alzarsi.

"Un momento signora, che cosa non può essere?".

"Quello che mi hai raccontato è sicuramente frutto della tua immaginazione. In vita mia ne ho sentite di storie strampalate ma questa è proprio grossa! Voi giovani vi divertite a prendere in giro noi vecchi. Con tutte le vostre diavolerie tecnologiche pensate di poterci trattare come degli stupidi, ma non ne sapete niente della vita vera, della fatica, del dolore!".

Strappò il bambolotto dalle mani di Lorenzo, che la guardava senza capire il motivo di quella reazione.

"Se ci tieni a questo bambolotto te lo regalo, non m'interessa, ma non venirmi a prendere in giro!".

"Le giuro signora che non la prendo in giro. Non avrei nessun motivo di farlo. Non l'ho mai vista prima ed era la prima volta che passavo per il mercato. La prego di credermi!".

"E allora cosa c'è dietro?".

"Niente glielo giuro, è come le ho detto. Mi è apparsa questa bambina e aveva in braccio un bambolotto uguale a questo e dopo l'ho visto sulla sua bancarella.

Capisce che mi è venuto quasi un infarto e ho pensato fosse naturale chiederle da dove arrivasse!".

"Guendalina".

"Come scusi?".

"Guendalina. La bambina che dici di aver visto. Oh mio Dio, non ci posso credere, si chiamava Guendalina". La vecchietta rimase in silenzio per qualche secondo, immobile e pensierosa. Poi prese Lorenzo per mano e lo guardò negli occhi.

"Era la mia povera sorella, la più piccola".

"Quella di cui mi ha parlato prima?".

"Sì, quella che è morta bruciata nell'incendio del 1939".

Lorenzo era sconvolto, non riusciva più a trovare le parole adatte alla situazione.

Poi prese coraggio: "Signora".

"Chiamami Gina" disse la vecchietta.

"Signora Gina". Lorenzo prese le mani rugose fra le sue e la guardò negli occhi che dietro gli occhiali brillavano ancora di una luce particolare. "Le va di raccontarmi cosa successe quel giorno?".

Così la vecchina cominciò con un tremito nella voce a raccontare i fatti di quel lontano 1939.

"Era una sera d'autunno. Ricordo che faceva freddo, molto più di ora, e all'epoca non avevamo tutto quello che c'è oggi per scaldarsi. In casa nostra c'era una vecchia stufa e ci radunavamo tutti lì intorno. I più grandi andavano nel fienile e passavano le serate a raccontarsi delle storie. La Grande Guerra era appena cominciata, come sai il nostro paese vi entrò l'anno seguente. Non avevamo nulla, campavamo col lavoro nei campi del povero papà, con qualche lavoretto in casa della mamma e con i dolci che preparava e vendeva al mercato. Avevo 16 anni all'epoca, ero una bella ragazza e non mi mancavano i corteggiatori. Poi c'era Maria, di 3 anni più piccola e infine Guendalina di 8 anni. I miei fratelli maschi erano Umberto, Giovanni, Carlo e Filippo. Umberto era il più piccolo, aveva solo 14 anni. Gli altri erano tutti maggiorenni. L'anno dopo furono arruolati e partirono per la guerra. Non li vidi più. Maledetta guerra. Ci mancò poco che i miei genitori morissero di crepacuore. I fascisti la facevano da padrone, si sentivano grandi, si sentivano protetti e spalleggiati, tanto che chi non stava dalla loro parte veniva preso di mira. Qualcuno in paese è anche improvvisamente scomparso. Si diceva che il cimitero dei martiri fascisti fosse su alla collina dove c'è adesso la discarica. Si diceva li portassero in quel luogo per dargli il saluto di morte. Ne combinavano di tutti i colori, minacce, violenze, soprusi. E anche la mia famiglia fu vittima di questi soprusi. Un giovane fascista s'innamorò di me e iniziò a corteggiarmi. Ernesto si chiamava. Aveva due anni più di me. Sapevo chi era e conoscevo la sua famiglia: il padre era un violento attaccabrighe e il figlio si diceva non era da meno. I nostri padri erano stati amici in passato, crebbero insieme da ragazzini e si ritrovarono finita la prima guerra mondiale nel 1918. Ma con l'avvento del fascismo il papà di Ernesto cambiò totalmente. Diventò violento, arrogante e dopo poco si arruolò nel partito. Mio papà invece, buon'anima, era di fazione opposta. Non gli piacevano i prepotenti e gli arroganti e non gli piaceva chi non ti dava la libertà di esprimere la tua idea. In più destino volle che i due fossero innamorati della stessa donna, che poi divenne mia madre. Così un giorno vennero irrimediabilmente alle mani e da quel giorno si giurarono odio eterno. Ma stupidamente, per gioco, accettai il corteggiamento di Ernesto, mandando in orbita le sue speranze. Già esaltato dalla sua stessa personalità, cominciò a raccontare in paese del nostro fidanzamento e di un'ipotetica promessa di matrimonio. Senza saperlo mi ritrovai mio malgrado fidanzata con un giovane fascista e addirittura promessa in sposa. Le voci in paese girano in fretta, e ancora meno ci misero ad arrivare alle orecchie sbagliate. Alle orecchie del mio povero padre e dei miei fratelli. Spiegai loro che in realtà era tutto falso e che Ernesto aveva messo in giro quelle false voci per farsi vanto con gli amici e con tutti in paese. Mi credettero ma fui comunque punita per aver frequentato un fascista, e non un fascista qualsiasi, ma il figlio dell'ex amico e rivale di mio padre. Quella sera decisi che sarei uscita di nascosto, volevo farla pagare ad Ernesto. Comprai il silenzio del piccolo Umberto e della piccola Guendalina con un sacchetto a testa di caramelle. Ma Guendalina mi ricattò: mi disse che se non la avessi portata con me avrebbe detto tutto ai miei genitori e ai miei fratelli. Odiavo quella bambina, aveva qualcosa di cattivo nello sguardo. Era strana, solitaria e aveva sempre quella bambola in mano, senza mai separarsene. Non cedetti al suo ricatto, uscii e andai in piazza. Infatti li trovai lì, Ernesto e la sua cricca. Mi avvicinai a Ernesto e quando lo guardai negli occhi, cambiò espressione. Lo insultai davanti ai suoi amici, gliene dissi talmente tante che anche i suoi amici cominciarono a deriderlo. Promise fra i denti che me l'avrebbe fatta pagare, i suoi amici ridevano e lo prendevano in giro. Ernesto perse la ragione e mi colpì con uno schiaffo che mi mandò a terra. In quel momento arrivarono mio padre e i miei fratelli. Guendalina aveva mantenuto la promessa, maledetta bambina. Si scaraventarono contro Ernesto. I suoi amici si misero in mezzo cercando di difenderlo e ne venne fuori una rissa spaventosa. Arrivò anche il padre di Ernesto, chiamato da alcune persone che erano lì ad assistere alla scena, e alla fine si ritrovarono faccia a faccia i due vecchi rivali. I miei fratelli, forti ed abituati a lavorare la terra, vinsero sui tre fascisti, che non poterono fare altro che scappare, non prima però di giurarci vendetta. Così fece anche il padre di Ernesto, colmo d'odio e di risentimento. Le ripercussioni non tardarono ad arrivare: il giorno dopo la nostra mucca più produttiva fu trovata morta nel campo. Alla povera bestia tagliarono la testa. Un'altra sera una violenta sassaiola colpì la nostra casa, mandando in frantumi tutti i vetri. Fino ad arrivare a quella terribile sera del 31 ottobre. Eravamo tutti in casa. Ci scaldavamo attorno alla stufa, era una serata umida fuori e si sentiva solo il sibilo del vento sulle imposte.

Mio padre stava raccontando la storia di Severino, un vecchio pastore che perse le sue pecore giocando a carte, quando sentimmo dei passi in cortile, scricchiolii sulla ghiaia. Pensammo subito a una faina, non era insolito che quelle bestiacce si aggirassero d'inverno attorno alle case per cercare qualche gallina da sbranare. Poco dopo l'altalena nel cortile si mise a cigolare, sempre più forte. Papà prese il forcone e un tizzone e uscì in cortile. L'altalena girava su se stessa. Papà fece il giro della casa. Poco dopo sentimmo delle urla, io rimasi in casa con la piccola Guendalina e Umberto. La mamma e gli altri fratelli uscirono a vedere cosa stesse succedendo. Tre individui incappucciati e vestiti di nero urlavano insulti e minacce tenendo dei tizzoni di fuoco. Mio padre e i miei fratelli li affrontarono ma quelli li minacciarono con i tizzoni. A quel punto mio padre, colto da rabbia e frustrazione, colpì col forcone uno dei tre al braccio destro. Lo colpì così forte che quello si accasciò a terra in una pozza di sangue. Ma gli altri due non si arresero. Scagliarono i tizzoni che avevano in mano contro la casa: una finì sul tetto e le altre due all'interno della casa. Fu un attimo. Le fiamme avvolsero la casa e tutto ciò che vi era all'interno. La tragedia si consumò all'istante: io, Umberto e la piccola Guendalina ci trovammo in un attimo in mezzo al fuoco. Il fumo non ci faceva respirare. Umberto mi prese sotto braccio e cercò di portarmi fuori. Papà e gli altri quando videro uscire solo noi due storditi dal fumo e dalle fiamme si gettarono in casa per salvare Guendalina, ma i loro sforzi furono vani. La piccola era incastrata sotto una trave e piangeva. Sentivamo quei gemiti e quelle urla strazianti. Invocava aiuto, chiamava la mamma. Non ci fu nulla da fare. Quando vedemmo papà e i miei fratelli uscire dalla casa capimmo quale tragedia si era consumata. Fu straziante per tutti. Non dimenticherò mai quella maledetta sera. Intanto i tre balordi erano riusciti a scappare. A terra trovammo un lembo di stoffa con inciso il fascio littorio, il simbolo del fascismo, e tre iniziali, PNF: Partito Nazionale Fascista.

In paese le voci girarono. Ogni paese ha il suo matto. Il matto del mio paese aveva ascoltato il complotto che avevano messo in atto i due fascisti, ai quali poi si aggiunse il terzo. Così una sera all'osteria il matto si ubriacò talmente tanto che rivelò quello che aveva sentito e i nomi dei due fascisti. Ovviamente all'inizio la gente non gli credeva, ma quando tornò sobrio, con le cattive gli fecero confermare ciò che aveva affermato. La vendetta è un piatto che va servito freddo e così i due furono attirati in una trappola. Furono presi e portati in piazza e lì furono costretti a confessare. Non rivelarono mai però il nome del terzo fascista. Nonostante le percosse ricevute non cedettero e così dopo essere stati messi in mano alla folla. La piazza divenne una sorta di patibolo. Io ero lì ma non volli guardare mentre li impalavano. I cadaveri dei due disgraziati furono sepolti nel piccolo cimitero dietro al parco".

La vecchina fece una pausa, una lacrima le bagnava la guancia. Lorenzo la guardava senza dir nulla. Aveva ascoltato quella storia in un misto di orrore e tenerezza. Poi la vecchina riprese a parlare. La voce si strozzò in gola.

"Il giorno dopo l'incendio facemmo la stima dei danni subiti. Non avevamo più nulla, della casa erano rimasti solo i muri in pietra anneriti. Ma ciò che successe dopo" la vecchina s'interruppe di nuovo. C'era sofferenza nel suo sguardo.

"Che è successo dopo?" chiese Lorenzo morbosamente.

La vecchina lo guardò dritto negli occhi.

"Quella maledetta bambola! Fu l'unica cosa che si salvò! E sai dove la trovarono? Fra i resti carbonizzati di Guendalina!".

Lorenzo impallidì, trattenne a stento un conato di vomito.

"Portatela via ti prego. Portala via e distruggila!" urlo la vecchina.

Lorenzo cercò di calmarla. Pensò che tutti quei ricordi e tutte quelle emozioni insieme fossero troppe per una vecchina di quell'età. Così la abbracciò e la salutò. Prima di andarsene rivolse all'anziana signora un'ultima domanda. "Perché proprio io? Che cosa c'entro io in tutta questa storia?".

"Una volta una sensitiva mi disse" proseguì la vecchina "che lo spirito di chi ci ha lasciato torna sempre nel luogo a lui più caro in vita o nel luogo dove la vita gli è stata strappata. L'anima di chi è morto in modo violento non trova pace, come se qui sulla Terra avesse da finire un compito ingrato".

"Come vendicarsi del suo assassino?".

"Sì, o fare in modo di condurlo a lui".

"Un attimo, se è vero ciò che mi ha appena detto, potrebbe anche essere che dove c'è ora la mia casa sia lo stesso luogo dove è morta Guendalina. Cioè la casa dove vivo ora potrebbe essere stata costruita dove prima c'era la vostra!". "E' possibile" mormorò la vecchina "è possibile".

"E considerando che i fatti che mi ha raccontato sono accaduti un anno prima che l'Italia entrasse in guerra, è possibile che quella casa sia stata rasa al suolo durante il conflitto mondiale!".

"E' proprio così! Mio padre vendette il terreno qualche settimana dopo e ci trasferimmo altrove. So che durante il conflitto i resti della casa furono usati dai nostri soldati come fortino, per poi andare distrutti definitivamente nel 1942".

Lorenzo era sbalordito. Spiegò alla vecchina l'esatta posizione della sua casa, l'indirizzo esatto e la via. Tutto coincideva. Tutto sembrava essere frutto di un disegno diabolico, un quadro perfetto dove lui era il punto di congiunzione involontario tra la vita e la morte, tra il passato e il presente, tra il bene e il male. "Dove sono sepolti i resti di Guendalina?" chiese Lorenzo.

"Nello stesso cimitero, dietro il parco. Vieni, ti mostro una cosa". La vecchina aprì un vecchio armadio e ne tirò fuori un piccolo baule di legno. Aprì il baule che conteneva vecchie foto e alcuni oggetti del passato.

"Cosa c'è lì dentro signora? Vecchi cimeli?".

"Sono tanti anni ormai che non lo apro più. Oh ecco". Prese in mano delle vecchie fotografie, ingiallite dal tempo ma ancora conservate.

"Ecco questa appartiene proprio a quell'epoca: ero io prima della guerra, da ragazza. Dietro c'è ancora la data: 1939. E questi sono i miei genitori. Qui ero un po' più grande. 1946: ero appena sposata col mio povero marito".

Lorenzo guardava ammirato quelle vecchie foto, testimoni di un passato che non esisteva più ma che ancora viveva attraverso quelle immagini in bianco e nero. Poi la vecchina prese un'altra foto, sospirò e la diede a Lorenzo. "1938" disse "giocava sull'altalena".

"E' lei?" chiese Lorenzo a bassa voce.

"Sì".

Lorenzo guardò la foto: una bambina di circa 7 anni stava sorridendo seduta su un'altalena in ferro, aveva i capelli lunghi, arruffati. Lorenzo sentì in un secondo il peso del mondo su se stesso, come se qualcosa di troppo potente e inarrestabile gli fosse passato sopra senza dargli il tempo di difendersi. Ora tutti i tasselli iniziavano a combaciare, ma ne mancava sempre uno, quello più importante, quello che serviva ad unire quella catena spezzata. "Eccolo qui" disse a un tratto la vecchina quasi urlando.

"Che cosa? Cosa ha trovato?".

"Questo è il lembo di stoffa che ritrovammo nel cortile quella maledetta sera del 31 ottobre 1939" e lo appoggiò sul tavolo.

Sul pezzo di stoffa erano ricamate tre iniziali PNF con un simbolo, il fascio littorio. Lorenzo telefonò a Don Andrea, ansioso di raccontargli tutta quell'incredibile storia, e speranzoso in un consiglio e in un aiuto. Il cellulare di Don Andrea squillò nella sagrestia della chiesa, squillò più volte, finché una voce rispose dall'altra parte.

"Pronto?".

"Don Andrea sono Lorenzo. Scusi se la disturbo ma avevo bisogno di parlarle immediatamente".

"Ciao Lorenzo, figurati ho appena finito le confessioni. Hai bisogno di confessare i tuoi peccati?".

"No per carità. La chiamo per quella storia, non immagina cosa ho scoperto!".

"Ah bene, raccontami. Ma dove sei ora?".

"Sono a casa di un'anziana signora, la signora Gina, magari passo da lei in chiesa".

"Purtroppo ora devo uscire per degli impegni, ma domani pomeriggio potremo vederci. Nel frattempo raccontami tutto". E così Lorenzo raccontò tutto a Don Andrea, che lo ascoltò senza interromperlo.

"Interessante" disse alla fine. "E il lembo di stoffa ti sembra autentico?".

"Sembra di sì. E' molto consumato. Sembra proprio di quell'epoca. Anche la bambina nella foto è la stessa!".

"Ho capito. Allora adesso devi fare una cosa: è chiaro che la signora si fida di te, chiedile se puoi prendere il lembo di stoffa e la foto della bambina, che poi ovviamente le renderai. Poi vai a casa e metti la foto e il lembo di stoffa vicino al bambolotto. Aspetta e vedi quello che succede".

"Don Andrea ma è sicuro? Cosa dovrebbe succedere?".

"Se va come penso, succederà qualcosa che potrà sconvolgerti, ma tu non devi aver paura. Poi domani mi racconti. Tu comunque mandami un messaggio e se sarà successo quello che penso, farò una visita a Padre Ernesto e chiederò aiuto a lui. E' l'unico rimasto in grado di darci una mano".

"Va bene Don Andrea farò così. Ti ringrazio, a presto!".

"Ciao Lorenzo!".

Lorenzo riuscì a convincere la vecchina a farsi dare la foto e il pezzo di stoffa con le tre iniziali del partito fascista, con la promessa che sarebbe tornato presto a trovarla.

Arrivato a casa, fece come gli aveva detto Don Andrea: su un mobile del salotto appoggiò il bambolotto e ai piedi del bambolotto sistemò la fotografia e il lembo di stoffa. Poi aspettò il buio. Quella sera non cenò. Aveva lo stomaco troppo chiuso per ingoiare qualcosa e la mente troppo confusa. Accese la tv ma si ritrovò a fare zapping senza sapere cosa guardare. Decise di andare a letto, provò a chiudere gli occhi ma il sonno non arrivava. Passò qualche ora e si trovò con gli occhi sbarrati a guardare nell'oscurità. A un certo punto cominciò a sentire freddo, iniziò a tremare ma non capiva più se per il freddo o per la paura. Guardò l'orologio. Le 3:00 di notte. Si accucciò sotto le coperte. Desiderò l'arrivo veloce del giorno. Avrebbe voluto in quel momento la rassicurante luce del sole, il rumore della città e della gente. Mai come in quel momento desiderava il caos e sentirsi un puntino fra la folla. Avrebbe voluto chiamare Don Andrea, avrebbe chiamato chiunque in quel momento, anche persone a caso.

A un certo punto un pianto disperato ruppe il silenzio, un pianto di bambino, un pianto sommesso, reso ancora più spettrale da quel silenzio surreale. Accese la luce. Quel pianto continuava, quelle grida disperate gli facevano accapponare la pelle e venire i brividi alla schiena. Andò in salotto e accesa la luce. Lì, di fronte al mobiletto, dove aveva messo il bambolotto, la foto e il lembo di stoffa, c'era, girata di spalle, una bambina con i capelli lunghi arruffati e il pigiamino bianco. Piangeva e chiamava la mamma.

Lorenzo rimase per qualche secondo come paralizzato. Tutti i suoi pensieri in quel momento erano come spilli di ghiaccio, aghi che gli pulsavano nella testa. La paura gli bloccava i movimenti. Voleva tornare a letto e non pensare più a nulla ma era come se una strana forza attrattiva lo lasciasse incollato al pavimento.

Poi a un tratto, in un impeto di coraggio ritrovò la voce: "Guendalina sei tu?". A quelle parole la bambina si girò di scatto e iniziò ad avvicinarsi a Lorenzo, ma non camminava, si trascinava lentamente. Lorenzo era impietrito. Mai aveva provato nella vita una sensazione di terrore simile a quella. "Cosa cerchi da me?" riuscì a dire. La bambina allungò una manina verso Lorenzo. "Mamma! Mamma!".

A quel punto successe qualcosa di sconvolgente: il crocefisso appeso alla parete si girò a testa in giù e prese fuoco. Le finestre di colpo si aprirono e cominciarono a sbattere violentemente. Nel frattempo era scoppiato un violento temporale. Sul vetro bagnato comparvero due lettere: P.E.

La bambina volteggiò in aria, poi scomparve. Dopo qualche secondo il telefonino squillò. Lorenzo trasalì. Andò in camera, prese il cellulare e sul display comparve "numero privato". Timoroso e ansimante rispose: "Pronto?".

"Mamma" disse la voce dall'altra parte. Lorenzo lanciò in aria il telefono.

Fu a quel punto che Lorenzo capì tutto e decise, nonostante l'ora e il temporale, di recarsi direttamente da Don Andrea. Avrebbe trovato poi una giustificazione, in fondo era un prete, l'avrebbe compreso.

Scese in garage e accese la sua Porsche Carrera del 1986 color blu cobalto, sfrecciò nella notte fra i tuoni e i fulmini che imperversavano, fino ad arrivare davanti alla chiesa. La casa di Don Andrea si trovava al suo fianco. Lorenzo parcheggiò la Porsche in mezzo alla strada e cercò il nome sul citofono. Suonò più volte per essere sicuro che lo sentisse. Dopo un po' una voce stanca rispose dall'altra parte. "Chi è?".

"Sono Lorenzo!".

"Ma è notte fonda! Che succede?".

"Devo parlarle, ora!". Passò qualche secondo.

"Sali".

L'abitazione del prete era un'abitazione modesta e ordinata.

"Allora che è successo? Non potevi chiamarmi?".

"Non c'era tempo. Ero agitato. Dovevo vederla di persona".

"Poiché siamo in piedi metto su il caffè, ne vuoi una tazza?".

"Sì, la ringrazio. Tanto non penso che fino a domani dormirò".

Lorenzo raccontò tutto a Don Andrea.

"Quindi tu pensi che... pazzesco!".

"Lo so che sembra assurdo Don Andrea, ma coincide tutto!".

"E se quella vecchia si fosse inventata tutto?".

"Non credo, era assolutamente sincera!".

"Non ci posso credere. Se fosse vero sarebbe gravissimo, sarebbe terribile!".

"E' quello che dobbiamo scoprire!".

"Domani andrò a parlare con Padre Ernesto. A questo punto è l'unico modo per scoprire se hai ragione. Per il resto ci affideremo a Dio".

La casa di Padre Ernesto si trovava in una zona della città abbastanza trafficata, vicina al centro, all'interno di una corte. Don Andrea lasciò la bici nel cortile e andò al portone. Suonò il campanello e attese una risposta. Dopo qualche minuto venne ad aprire una signora sui sessant'anni. "Buongiorno signora Cesira".

"Buongiorno Don Andrea, come sta?".

"Bene grazie, sono venuto a parlare con Padre Ernesto. E' in casa?".

"No. Padre Ernesto è uscito per la sua passeggiata quotidiana, ma se mi spiega il motivo della visita glielo riferisco".

"No non importa, è abbastanza importante e dovrei parlargli di persona. Non sa dove può essere andato?".

"Di solito la mattina fa un giro nel parco per andare a pregare nella piccola cappella. Poi fa un giro nel reparto di psichiatria dell'ospedale a salutare i pazienti. Si ritira verso l'ora di pranzo".

"Va bene la ringrazio, arrivederci".

"Arrivederci Don Andrea e passi a trovarci".

"Certo, senz'altro".

Don Andrea saltò in sella alla bici e si diresse verso il parco. Il piccolo parco del paese sembrava il paesaggio di un quadro gotico. Don Andrea lo attraversò in bicicletta nel silenzio spettrale. Nel frattempo si era alzata una leggera nebbia. In fondo al parco, nascosta dagli alberi, si ergeva una piccola cappella, fatta costruire in ricordo dei morti di peste del diciassettesimo secolo. Don Andrea si fermò davanti all'ingresso. Vide qualcuno all'interno. Davanti al crocefisso, in ginocchio, una figura vestita di nero stava pregando. Don Andrea entrò in silenzio e si mise affianco all'uomo in ginocchio.

"Buongiorno Padre".

"Buongiorno Andrea".

"Padre volevo parlarle di una cosa che...".

"Shh, dopo. Ora preghiamo".

"E' importante Padre".

"Niente è più importante di Nostro Signore".

"Ma... ".

"Shh, ora prega figliolo".

Andarono avanti a pregare per le due ore successive, senza una pausa. Quando finirono Padre Ernesto si alzò lentamente e andò sull'uscio della piccola cappella.

Guardò fuori il paesaggio autunnale.

"Cosa dovevi dirmi di così importante?".

"Quello che le dirò ha assoluta priorità".

"Parla allora".

Don Andrea raccontò a Padre Ernesto gli ultimi eventi, compreso l'incontro di Lorenzo con la vecchina e tutto il resto.

"Madre di Dio!" esclamò. Padre Ernesto e Don Andrea erano uno di fronte all'altro.

"Ora sai cosa devi fare".

"Lo so Padre".

"Mi devi aiutare".

"Già, è quello che farò. Ma questa grana come la risolviamo?".

"Tranquillo, ho già in mente una sorpresa per il nostro giovane amico".

"Bene Padre. Ora potrò finalmente venire con lei e scegliere personalmente il soggetto?".

"Certo, ma prima chiama il ragazzo e dagli appuntamento qui per stasera".

Don Andrea chiamò Lorenzo e gli diede appuntamento alla piccola cappella del parco.

Padre Ernesto e Don Andrea poi si recarono al vecchio ospedale. Il taxi li lasciò proprio davanti all'edificio. Visto da fuori dava l'idea di un vecchio carcere.

La sensazione che emanava era di disagio e di abbandono. Dentro era anche peggio: lo squallore e il degrado regnavano per quei freddi corridoi. Le luci al neon andavano a intermittenza contribuendo a dare un aspetto ancora più asettico a tutto l'ambiente. I due parroci attraversarono in silenzio il lungo corridoio. Ogni tanto qualche paziente che sfuggiva al controllo degli infermieri andava loro incontro urlando o dicendo frasi insensate. Arrivarono davanti a una porta senza targhetta e bussarono.

"Buongiorno madre".

"Buongiorno, vi aspettavo" disse la Madre Superiora con un sorriso che lasciava intendere il motivo della loro visita. "Sedetevi. La vedo un po' stanco Padre". "Che vuole, alla mia età tutto diventa più complicato e faticoso. Beata giovinezza" disse guardando Don Andrea con un accenno di invidia. "D'altra parte" continuò Padre Ernesto "ogni giorno in più è un regalo di Dio".

"Può ben dirlo Padre. Voi che avete combattuto in guerra avete un'altra tempra" disse la suora guardando Don Andrea con effimero disprezzo.

Don Andrea cercò di levarsi da quella sensazione di fastidio porgendo a Padre Ernesto una busta che teneva nella sacca a tracolla. "Padre, la busta". "Ah si, ecco le caramelle, sorella".

"Ah molto bene, molto bene" disse la suora toccando con un gesto istintivo il crocefisso che teneva appeso al collo. Poi chiamò una suora che arrivò dopo pochi minuti.

"Ha chiamato Madre?".

"Si suor Erminia, prenda questa busta e la metta subito in cassaforte".

Suor Erminia ubbidì: "Va bene Madre". Prese la busta e sparì all'istante.

"Non li conta?".

"Mi fido e poi ho tutto il tempo per farlo più tardi".

"Sono tutti, ma spero che questa volta ci tratti meglio. Sa l'ultima volta abbiamo avuto un po' di problemi".

"Venite, seguitemi!" disse la suora in tono perentorio.

Uscirono dalla stanza e passarono attraverso un'uscita laterale. Si ritrovarono su un piccolo balconcino in pietra che dava su un piccolo cortile.

"Qui ogni tanto li facciamo uscire per un'oretta o due. Guardate sembra un recinto di maiali!" disse la suora.

"Già, quello che sbuffa mi sembra interessante" disse Padre Ernesto.

"Quello è Tommy. Si crede John Wayne!".

"Beh potrebbe andar bene, che ne dice Don Andrea?".

"Direi Padre che questo John Wayne faccia al caso nostro!" disse sorridendo.

"Tommy, vieni qui, subito!" urlò la Madre Superiora.

Tommy arrivò davanti ai tre con aria spavalda, proprio come il cowboy dei film.

Indossava un pigiama azzurro e con le mani mimava le pistole.

"Come ti chiami?" disse la suora "dillo a Padre Ernesto e Don Andrea".

"Sono John Wayne!" urlò Tommy mimando le pistole.

"E cosa fai John Wayne con quelle pistole?".

"Sparo a tutti i cattivi!".

"E' perfetto" mormorò Padre Ernesto.

Così uscirono, dopo aver fatto vestire Tommy con la promessa di una pistola vera.

La sera Lorenzo arrivò alla piccola cappella all'ora stabilita.

Don Andrea lo attendeva fremente e lo accolse con un sorriso, nascondendo il nervosismo. "Ciao Lorenzo".

"Buonasera Don Andrea".

"Sei infreddolito, tieni, prendi un bicchiere di vino rosso, ti scalderai un po'!".

"Grazie, ne ho bisogno!".

Don Andrea porse a Lorenzo un bicchiere già riempito in precedenza. Quest'ultimo prese il bicchiere e lo finì in due sorsi. Dopodiché Don Andrea convinse Lorenzo a seguirlo e s'incamminarono. Passarono di fianco al piccolo cimitero, dietro il quale si ergeva una piccola collinetta che si affacciava su un boschetto. Dalla piccola collina lapidi e lumini offrivano il loro tetro spettacolo.

Don Andrea si fermò. Lorenzo si guardò intorno. Qualcosa di indefinibile gli chiuse lo stomaco.

"Siamo arrivati". Don Andrea sorrise.

"Perché siamo venuti qui?" disse Lorenzo.

"Oh fra poco lo vedrai" rispose Don Andrea continuando a sorridere.

"In realtà non mi sento bene Don Andrea".

"Che cosa ti senti?".

"La mia testa…" a quelle parole Lorenzo cadde in ginocchio. Tutto era offuscato intorno a lui, sentiva suoni e voci arrivargli ovattate.

"Ho saputo che mi stavi cercando" disse una figura dinanzi a lui che Lorenzo vide essere un signore molto anziano.

"Lei?" disse a fatica Lorenzo.

"Vedo che ti è rimasta ancora un po' di lucidità" disse questi con voce ferma.

"Padre Ernesto" disse Lorenzo con un filo di voce.

"Bravo, eccomi qui, mi cercavi no?".

"Ma che mi succede?".

"Oh nulla. Sei solo ubriaco e drogato".

"Ho saputo" continuò "che ti sono capitate alcune cose strane ultimamente e che sei venuto a conoscenza di alcuni fatti del passato che ti hanno portato a me. E' così?".

Lorenzo guardava il vecchio parroco con occhi allucinati perdendo sempre più conoscenza.

"Fai segno di sì con la testa se mi confermi ciò che dico".

Lorenzo fece segno di sì con la testa.

"E che queste cose le hai saputo da una gentile vecchina incontrata per caso che ti ha raccontato una brutta storia, non è così?". Lorenzo fece segno di sì con la testa.

"E mi sapresti dire dove si trova questa vecchina?".

Lorenzo fece segno di no con la testa.

"Non te lo ricordi dove abita?".

Lorenzo fece ancora segno di no con la testa.

"Uhm...bugiardo! Lo sai cosa capita ai bugiardi? Tu non vuoi andare all'inferno, vero?".

Lorenzo fece segno di no.

Padre Ernesto s'inginocchiò davanti a Lorenzo e lo guardò negli occhi. Lorenzo distinse due occhi scavati contornati da un viso rugoso.

"Allora te lo chiedo ancora: dove abita questa gentile vecchina?".

Lorenzo trovò un filo di voce. "Non ricordo".

"Ok l'hai voluta tu. Don Andrea! Chiama il matto!".

"Va bene Padre, con piacere. John Wayne, vieni qui!".

Da dietro un albero arrivò il povero pazzo, che fino a quel momento era stato nascosto, come gli era stato ordinato.

"Tieni, hai fatto il bravo, te la sei meritata" disse Don Andrea, levandosi dalla tasca del cappotto una pistola avvolta in un fazzoletto e porgendola al povero matto. Era una Smith & Wesson, di quelle a tamburo.

Quest'ultimo era fuori di sé dalla gioia. Impugnò la pistola e iniziò ad agitarla in aria.

"Sono John Wayne e uccido tutti i cattivi!".

"John Wayne! Spara a questo cattivo!" urlò Padre Ernesto.

Il povero matto si avvicinò così a Lorenzo, il quale fece appena in tempo a distinguere la sagoma del ragazzo e l'arma che gli veniva puntata contro. Cinque spari echeggiarono nell'aria.

"E' rimasto un solo colpo, Padre".

"Già, sai cosa devi fare".

"Devo proprio?".

"Fallo! Poi raccomanderai la tua anima a Dio".

Don Andrea si fece restituire la pistola da John Wayne e lo fece inginocchiare di fronte al cadavere di Lorenzo, per controllare, gli disse, se il cattivo era morto. Appena il matto fu a portata di tiro, Don Andrea prese la mira. "Che Dio mi perdoni!".

Il fragore di quell'ultimo colpo risuonò nell'aria come un rintocco funebre. Il vecchio sacerdote si accasciò per terra di fianco a Lorenzo.

Don Andrea mise la pistola in tasca, s'inginocchiò vicino ai due cadaveri e cominciò a pregare. Dopodiché si alzò e nel silenzio surreale della sera s'incamminò verso il parco, verso la piccola cappella dove aveva lasciato la bicicletta e pedalò fino alla chiesa.

In pieno sconvolgimento emotivo, entrò in chiesa e si diresse verso la sacrestia. Prese una penna e scrisse due righe su un pezzo di carta: "Abbia Dio cura della mia anima e possa un giorno liberarmi dall'oblio dei dannati". Frugò in un cassetto di un vecchio mobile e prese dei proiettili da una scatolina di metallo. Tornò in chiesa e si fermò un attimo a contemplare il crocefisso. "Gesù perdonami perché ho peccato. Non sono degno di continuare a servirti". Subito dopo si udirono degli spari nel silenzio surreale di quel luogo sacro. Il primo proiettile colpì una vetrata mandandola in frantumi.

"Sono un vigliacco" mormorò fra le lacrime Don Andrea.

Questa volta puntò l'arma dritta all'altezza del cuore e premette ancora il grilletto.

Un boato sordo e poi un tonfo.

Quando l'indomani mattina gli agenti di polizia arrivarono nei pressi del boschetto, si trovarono di fronte a uno spettacolo macabro e al contempo grottesco. In mezzo al cadavere dell'anziano parroco e del ragazzo era seduto Tommy detto John Wayne, mezzo congelato. Stringeva fra le mani un bambolotto.

"Come ti chiami?" chiesero gli agenti al ragazzo.

"Tommy ma tutti mi chiamano John Wayne" balbettò.

"E chi ti ha dato questo bambolotto?".

"La mia amica Guendalina".

"E dov'è ora Guendalina?".

"E' andata lì" disse Tommy indicando il cielo.

"Guendalina è andata in cielo?".

"Sì, lei vive lì ma mi ha promesso che tornerà a trovarmi ancora".

L'ispettore poi si rivolge al commissario.

"Commissario, che ne pensa?".

"Non lo so, ispettore. Certo questo è un caso assai complicato, un duplice omicidio e una delle vittime è un vecchio parroco. Dobbiamo trovare qualche elemento buono per il procuratore. Mi han detto che sarà qui a breve".

"Ma lei pensa che si possa ricollegare al cadavere dell'altro prete trovato nella chiesa qui vicino?".

"Non lo so ispettore, ma a quanto mi han detto i due si conoscevano".

"Già, ma non abbiamo trovato nessun collegamento col ragazzo, l'altra vittima, e con questo poveretto mezzo congelato in preda ad allucinazioni. Io non credo che sia stato lui, commissario".

"Purtroppo non abbiamo ancora trovato l'arma del delitto".

"Giusto. L'ambulanza comunque sta arrivando, più tardi proveremo a interrogarlo".

"Bene ispettore, procedete come da prassi".

"Ah commissario, del bambolotto che ne facciamo?".

"Ah il bambolotto. Non credo sia rilevante nelle indagini. In ogni caso portatelo in centrale e fatelo analizzare".

"Va bene commissario".

Quel pomeriggio stesso arrivarono i risultati dei test della scientifica che negavano qualsiasi tipo di traccia sul bambolotto. La sera il commissario prese il bambolotto e lo portò nel suo ufficio. Lo prese fra le mani e cominciò ad esaminarlo.

"Ma come è possibile che non ci siano tracce?".

In quel momento entrò l'ispettore.

"Che fa? Gioca con le bambole, commissario?".

"Ah no! Lo stavo guardando meglio, ispettore. Questa vecchia bambola avrà almeno 50 anni e non presenta nessuna traccia. Come se lo spiega?". "Non lo so commissario, però se non è più rilevante per le indagini... ".

"Che c'è? Vuoi portartelo a casa?".

"Eh sa, sono diventato zio da tre giorni. Sarebbe un bel regalo per la mia nipotina".

"E sia, tieni, prenditelo".

Detto ciò passò la bambola all'ispettore che se la mise sotto il braccio.

"Ah ispettore, doveva dirmi qualcosa?".

"Sì, la pistola che ha sparato è la stessa, una Smith & Wesson. I proiettili trovati nel corpo di Padre Ernesto e del ragazzo sono gli stessi trovati in chiesa. Uno è quello che ha frantumato la vetrata e l'altro è quello trovato nel corpo di Don Andrea".

"Bene, abbiamo l'arma del delitto".

"Già, ma c'è anche un'altra cosa, commissario".

"Cosa?".

"Sulla pistola ci sono le impronte del ragazzo che abbiamo trovato mezzo congelato".

"Quindi potrebbe aver seguito Don Andrea in chiesa, avergli sparato una prima volta e avendolo mancato gli ha sparato un secondo colpo al cuore. Dopo ha raggiunto Padre Ernesto e l'altro ragazzo al bosco e li ha freddati".

"Già, ma perché? Che motivo avrebbe avuto? E poi perché Padre Ernesto e il ragazzo si sono incontrati a quell'ora al parco?". "Non lo so ma dobbiamo scoprirlo".

"In più c'è anche il biglietto trovato nelle mani del prete".

"Potrebbe averglielo fatto scrivere sotto minaccia facendolo sembrare un suicidio".

"Non so, l'ha visto anche lei quel ragazzo, non era in sé, è tutto matto".

"Bene ispettore, mi tenga aggiornato. Vada pure, a domani".

"Va bene commissario, ora sto andando in Via dei Giardini. Pare che una vecchia si sia sentita male, hanno chiamato i vicini. Hanno sentito un tonfo in casa ma la porta è chiusa da dentro".

"Come ispettore? Che via ha detto?".

"Via dei Giardini, perché?".

"A che numero?".

"Al 2".

"Cazzo! E' la casa di mia madre!".

"Allora sbrighiamoci commissario! Guido io!".

I due uscirono dal commissariato a passo di carica, montarono sulla volante e accesero le sirene. L'ispettore aveva ancora il bambolotto in mano.

"Eh sì, la mia nipotina sarà proprio contenta!".

Quel pensiero lo fece sentire un po' in colpa verso il suo commissario. Buttò il bambolotto nel sedile posteriore e partì sgommando verso Via dei Giardini. Quando arrivarono all'appartamento, trovarono i vicini di casa fuori dalla porta.

"L'abbiamo sentita urlare e poi un tonfo".

Quando i poliziotti sfondarono la porta dell'appartamento si ritrovarono a battere i denti per il freddo intenso. L'intera casa sembrava una cella frigorifera. L'anziana era distesa per terra vicino al televisore acceso.

"Mamma mamma! Respira ancora! Ispettore un'ambulanza, subito!".

"Mamma ma che è successo?". La vecchina ansimava e cercò di dire qualcosa. Il commissario si avvicinò di più e le tenne la testa.

"Mamma, vuoi dire qualcosa? Mamma!". Intanto anche i vicini erano entrati in casa e assistevano alla scena tenendosi abbracciati per il freddo. La vecchina strinse con la sua mano rugosa la mano del figlio poliziotto e gli sussurrò all'orecchio: "Guendalina".

La vecchia spirò.

Nello stesso istante si sentì il pianto di una bambina, il vecchio crocefisso si staccò dalla parete e la temperatura tornò normale. Entrarono in quel momento gli ambulanzieri.

"Sono il commissario Corradi, era mia madre. Non c'è più nulla da fare".

"Ispettore" disse.

"Dica commissario".

"Vada pure, io resto qui, dopo andrò in ospedale. Troverò un passaggio al ritorno".

"Come vuole commissario. Allora a domani".

"Grazie ispettore, a domani".

L'ispettore risalì sulla volante e si diresse verso casa a velocità sostenuta. Ad un semaforo rosso guardò nello specchietto retrovisore e vide il bambolotto nel sedile posteriore. Lo prese e lo guardò ancora. "E' stata una dura giornata" pensò fra sé.

Preso dai suoi pensieri non si accorse del semaforo verde. Qualcuno dietro suonò il clacson. "Idiota" pensò, "potrei scendere e farti passare la voglia di suonare". In quel momento una bambina con un pigiama bianco attraversò la strada. L'ispettore se la trovò davanti all'improvviso, sbandò per evitarla e la macchina si girò su se stessa. In quel momento un camion che arrivava dall'altra parte non si fermò al semaforo rosso e lo investì in pieno. L'auto dell'ispettore si ribaltò più volte sul terreno, andò a sbattere contro un palo della luce e prese fuoco. Quando i pompieri arrivarono dell'auto non ne rimaneva più nulla, solo un ammasso di lamiere infuocate. Ci vollero parecchie ore per pulire la strada e togliere i rottami. Uno dei pompieri stava risalendo sul camion quando vide qualcosa sulla strada. Si avvicinò e lo raccolse, stupito. Senza farsi vedere dai colleghi se lo mise sotto la giacca e rimontò sul camion. "La mia bambina sarà felice" pensò fra sé.

"Le farò proprio una bella sorpresa con questo bambolotto!".

Niente di personale

"Ma cosa c'è nel mio subconscio? Ormai faccio sogni completamente insensati, altro che ai confini della realtà". "Sei malato amico mio".

"Stai zitto!".

"La colpa è di quelli là fuori!".

"Valentina è venuta a trovarmi anche stanotte".

"Valentina è morta".

"Valentina è venuta da me stanotte. Era bellissima".

"Valentina è morta, idiota, l'hai uccisa tu!".

"Sta' zitto! Zitto!".

"L'hai uccisa tu! L'hai uccisa tu!".

"Zitto, ci sentono! Non voglio tornare nel buco!".

"E' quello che ti meriti!".

"Perché non sparisci? Perché? Vai via! Via!".

"Senza di me saresti nulla! Una nullità! Tu hai bisogno di me!".

"No, io voglio che te ne vada!".

"Sei un idiota!".

"No no, io non sono... ".

"Idiota, idiota, idiota! Hai ucciso Valentina perché sei un idiota e ora marcirai qui dentro!".

"Basta! Vattene!".

"Allora che succede lì? Cos'è questo baccano?".

Passi pesanti si avvicinarono alla cella di Lorenzo.

"Visto? Hai svegliato il sorvegliante!".

"Tu l'hai svegliato! Se la prenderà con te! Io non ci sono! Idiota!".

"Allora? Vuoi svegliare tutti? Silenzio!".

Il fascio di luce della torcia del sorvegliante investì in pieno viso Lorenzo, che emise un rantolo di dolore.

Il sorvegliante fece vibrare con forza il manganello sulle sbarre di metallo. Quel

rumore sordo rimbombò nella testa di Lorenzo. Il mondo intorno diventò ovattato.

"Quell'imbecille! Dovrebbe morire".

"Basta, andate via tutti!".

Lorenzo giaceva ora sdraiato su un fianco, le mani premute sulle orecchie, illuminato dal fascio di luce della torcia che il sorvegliante non gli levava di dosso, indispettito per averlo svegliato nel cuore della notte. "Sono stato chiaro?".

"Porco!".

"Come? Hai detto qualcosa?".

Un altro colpo di manganello sulle sbarre, altra vibrazione nella testa.

"Bastardo, lurido verme, deve morire!".

"Zitto zitto!".

"Non costringermi a entrare e farti assaggiare questo sulla testa!".

"Palla di lardo! Dovrebbe bruciare all'inferno!".

"Zitto Igor, o questo ciccione mi ammazza davvero!".

"Come hai fatto tu con Valentina!".

"Valentina… Valentina".

Quel nome uscì sospirato dalla bocca di Lorenzo. Un suono flebile che si perse nell'aria e s'infranse sulle pareti imbottite della piccola cella. "Morta, morta, morta!".

"Ora mi hai stufato! Te la sei voluta!".

Il sorvegliante fece girare la chiave nella serratura e aprì la porta con violenza.

Quel rumore metallico risuonò nella testa di Lorenzo come un presagio di morte.

"In piedi! Affronta il ciccione!".

"Non ce la faccio!".

"Fai schifo! Tirati su e digli quanto ti fa vomitare!".

"Ho paura".

"Fifone smidollato!".

Lorenzo si tirò su mentre il sorvegliante avanzava verso di lui facendo ondeggiare il manganello e tenendogli puntata in faccia la torcia. Riuscì a mettersi con la schiena sulla parete, quando il sorvegliante lo afferrò per il collo. La luce della torcia ormai lo stava accecando.

"Allora? Non capisci quello che ti si dice, vero?".

Lorenzo rimbalzò sull'altra parete e cadde a faccia in giù. Ora il respiro si era fatto pesante.

"Sta tornando, attento! E' proprio incazzato!".

Lorenzo si rimise in piedi e mise le braccia sopra la testa in copertura, presagendo il colpo che stava per arrivare. Sentì come un lampo accecante, un dolore intenso che lo pervase nella testa e nelle braccia. Cadde in ginocchio e si accovacciò su se stesso. Con una mano si toccò la testa. Sentì il liquido caldo che sgorgava dalla ferita infertagli. Un violento calcio all'altezza delle costole gli tolse il respiro. Lorenzo ora si contorceva per terra, completamente inerme. Il sorvegliante ora incombeva su di lui come una terribile minaccia.

Alzò il manganello per sferrare un altro terribile colpo quando delle urla lo distrassero. Alcuni detenuti si erano svegliati e iniziavano a fare sentire le loro proteste contro il sorvegliante.

"Ti è andata bene per questa volta".

Il sorvegliante richiuse la cella di Lorenzo e uscì nel freddo corridoio, che era ormai un brulicare di urla, imprecazioni e sbattere di latte contro le sbarre. "Smettetela maledetti pazzi o vi uccido tutti quanti!". Le urla aumentarono.

"Basta! Tornate a dormire, luridi topi di fogna o vi faccio pentire di essere nati!".

Le urla non cessarono, fomentate dall'odio e dalla sete di vendetta.

Il sorvegliante tornò alla sua postazione e accese il generatore principale. Lo squallido corridoio fu in un attimo illuminato dalla debole luce delle lampade al neon.

Il sorvegliante prese la ricetrasmittente.

"Pronto Luigi, mi senti? Passo".

Si sentì un leggero gracchiare.

"Sì! Ti sento Carmine che succede? Passo".

Gracchiare.

"Qui al braccio 2 ho un problema. E' scoppiata una specie di rivolta. Passo".

"Come? A quest'ora? Passo".

Gracchiare.

"C'è stato un problema col detenuto della cella numero 6 e in men che non si dica si è scatenato un putiferio! Chiedo rinforzi. Passo". "C'è qualche ferito? Passo".

"Credo di sì. Passo".

"Cristo Carmine! Di nuovo! Passo".

"Attendo rinforzi. Passo".

Gracchiare.

"Arrivo. Passo".

"Igor, perdo sangue! Il ciccione mi ha ferito!".

"Stupido idiota! Hai visto che hai combinato?".

"E' colpa tua! Colpa tua!".

"Io non esisto! Sono solo una proiezione della tua mente malata, razza di scemo!".

Quando arrivò il secondo sorvegliante, Luigi, il braccio 2 era un delirio di urla e strepiti.

"Mio Dio Carmine ma qui si è scatenato l'inferno!".

"Lo so Luigi, se mi aiuti, li mettiamo tutti a posto questi merdosi".

"Lo sai che se si viene a sapere ci fanno un culo come una

capanna?".

"Già, non avrei chiesto il tuo aiuto altrimenti".

"Hai detto che ci son feriti?".

"Credo uno. Il detenuto della cella 6. Ho dovuto usare le maniere forti".

"Le conosco le tue maniere, Carmine. Hai il manganello facile, te l'ho sempre detto!".

"E' un periodo difficile Luigi lo sai".

"So solo che devi imparare a tenere i tuoi problemi fuori di qui!".

I due sorveglianti passarono in mezzo al corridoio facendo vibrare i manganelli sulle sbarre delle celle, urlando minacce a destra e a manca. "Silenzio! Fate silenzio, maledetti porci o sarà peggio per voi!".

I due sorveglianti si fermarono davanti alla cella numero 6.

"Eccoli, Igor, sono in due adesso! Mi uccideranno".

Lorenzo era contorto sul pavimento con le mani sulla testa insanguinata.

"Non ti uccideranno se fai come ti dico, scemo! Non gli conviene farlo".

Lorenzo iniziò a singhiozzare.

"E' partito da questo qui, Luigi, faceva casino, sono entrato e l'ho scosso un po'".

"Un po'?".

"Era buio, non vedevo dove colpivo".

"Apriamo!".

"Ora smettila di frignare, sta zitto e non respirare. Stanno venendo qui. Fai finta di essere svenuto!".

"Tu controlla se è ferito grave. Io provo a far star zitti questi scalmanati".

"Ok, Luigi".

Il sorvegliante aprì ancora la porta della piccola cella e si avvicinò al corpo malconcio di Lorenzo.

Lorenzo, che in passato aveva fatto parte di un corpo armato di forze speciali, sapeva benissimo come trattenere il respiro per fingersi morto o svenuto. Riusciva persino ad abbassare il battito cardiaco, oltre a conoscere a perfezione tre arti marziali.

Fu cacciato dal corpo quando arrivò quasi a uccidere il proprio comandante.

Fu Valentina a trovarlo, un mattino di dicembre all'alba, ubriaco e delirante, mentre si stava per immergere nelle acque gelate del fiume, urlando il suo disprezzo alla vita.

Valentina gli aveva ridato la vita, la stessa che lui tempo dopo le avrebbe tolto.

Niente di personale.

"E' sopra di noi, posso sentire il suo lurido fiato".

"Devo concentrarmi".

"Dovevi farla finita quella mattina in quel fiume".

"Zitto!".

Il sorvegliante spostò con un piede il corpo di Lorenzo, il quale non fece un fiato.

"Ehi feccia umana! Non sarai mica morto vero? Ti ho appena toccato!".

Una grassa risata.

"Fallo smettere di ridere! Fallo smettere, fallo smettere!".

"Zitto, mi sto concentrando! Deve credermi svenuto".

Il sorvegliante s'inginocchiò sul corpo di Lorenzo e gli toccò il collo.

"Allora Carmine, è morto?".

"No, è solo svenuto!".

"Meglio così! Sono riuscito a far calmare quei sacchi di escrementi. Direi che possiamo tornarcene a farci i fatti nostri!".

"Già! Fra tre ore arriva il mio cambio e mi aspetta una giornata infernale".

"Ehi cos'è quello? Sangue?".

Il sorvegliante più anziano si avvicinò al corpo di Lorenzo.

"E' solo una piccola ferita, Luigi, domattina non avrà più nulla".

"Cristo Carmine, dobbiamo portarlo in infermeria!".

"Ora? Il dottore ora sarà in branda!".

"Che si fotta! Questo qui deve essere medicato. Se muore, sono guai! Rischiamo il posto ed io non voglio rischiare il posto a 4 anni dalla pensione!". "Va bene, va bene. Aiutami a sollevarlo. Lo portiamo giù in infermeria".

"Dovremmo ammanettarlo per prassi".

"Ammanettarlo? E' denutrito e ferito, quest'animale non sarebbe in grado di far male a una mosca".

"Dimentichi che abbiamo a che fare con dei pazzi criminali?".

"Senti Luigi, se volevo la predica, andavo in chiesa! Ora aiutami a sollevare questo stronzo e a portarlo giù!".

Il sorvegliante più anziano si sfilò le manette per metterle ai polsi di Lorenzo.

"Prima o poi ci farai finire tutti in un gran casino Carmine!".

In quel momento i detenuti ripresero a urlare e inveire, incuriositi da quello che

accadeva nella cella numero 6.

"Cristo, ricominciano!".

"Aspetta qui Carmine, vado a cercare di calmarli!".

Il sorvegliante più anziano si rimise le manette nei pantaloni. Uscì dalla cella e riprese a dare di manganello sulle sbarre per cercare di calmare nuovamente quel fracasso infernale che i detenuti avevano ripreso a fare. "Avrei dovuto ucciderti subito!".

"Già, è stato un errore da parte tua. Un grave errore. Un errore che ti costerà la perdita di quello a cui tieni di più: la tua squallidissima e schifosa vita". "Uccidilo, uccidilo, uccidilo!".

"Quest'attesa mi strazia! Ehi Luigi, muoviti!".

"Cristo, potrei benissimo spararti e chiuderla qui! Guarda che perdita di tempo!". Il sorvegliante più giovane estrasse la pistola e la puntò sulla testa di Lorenzo. "In fondo io sono un agente in servizio e tu un povero mentecatto criminale e pericoloso. Sarebbe legittima difesa. Vede signor giudice, l'agente in servizio era entrato nella cella numero 6 per calmare il detenuto che dava di matto. Quest'ultimo lo ha aggredito e l'agente si è visto costretto a sparare". Una grossa risata esplose dalla bocca del sorvegliante più giovane.

"Senti come brucia la ferita? Senti com'è fredda la canna di quella pistola? Che

aspetti, fallo ora!".

"Zitto!".

"Fallo adesso scemo!".

Lorenzo si voltò improvvisamente e si mise in ginocchio. Il volto era rigato di lacrime e sangue.

Il sorvegliante fece un passo indietro, sorpreso da quello scatto reattivo.

"Papà!".

"Eh? Cosa?".

"Papà! Non farmi del male".

La voce che ora usciva dalle labbra di Lorenzo non era quella di un ragazzo di 30 anni, ma quella inconfondibile di un bambino di 7. Un bambino impaurito e piangente che chiedeva aiuto.

"Ma che cavolo? Com'è possibile?".

Lo sguardo del sorvegliante ora era di ghiaccio. Piccole gocce di sudore gli imperlavano la fronte e la mano che impugnava la pistola tremava visibilmente. "Guarda come trema il maiale!".

"Papà! Papà! Aiutami! Portami via da qui! Ho fatto il bravo bambino".

"Luigi! Luigi dove sei finito?".

"Papà mi abbracci? Qui sono cattivi, vogliono farmi del male".

Il sorvegliante più giovane si avvicinò ancora di più a Lorenzo, tenendogli la pistola puntata contro.

"Papà mi porti al parco e mi compri il gelato?".

"Tu non sei mio figlio! Mio Dio, ma chi sei?".

"Papà non mi riconosci? Sono il tuo bambino!".

Lorenzo allungò una mano, fin quasi a sfiorare la punta della pistola.

Il sorvegliante era paralizzato dalla paura.

"Luigi!" urlò con tutto il fiato che gli rimaneva.

"L'hai quasi in pugno! L'hai quasi in pugno!".

"Ti voglio bene papà".

A quelle parole il sorvegliante fece un altro passo in avanti.

Lorenzo a quel punto si alzò in piedi e mutò l'espressione da bambino in un'espressione severa, guardando negli occhi il sorvegliante.

"Carmine, non mi piace come ti stai comportando, ora dammi quella pistola o quando torna tuo padre, te le farò dare di santa ragione! Ubbidisci Carmine!". La voce che usciva ora dalle labbra di Lorenzo era quella di un'anziana signora.

"Tu... non sei mia madre... mia madre è... ".

"Morta? Oh mi credi morta Carmine? Sono qui davanti a te e ti conviene ubbidirmi! Su da bravo, dai la pistola a tua madre! Ecco sta arrivando papà, ti conviene ascoltarmi Carmine o rimarrai in castigo per mesi!". "Oh eccoti qui Savino, nostro figlio non vuole ascoltarmi!".

"Che cosa? Ehi ragazzo, quante volte devo dirti di ubbidire a tua madre? Forza, dammi la pistola prima che perda la pazienza! Sarai sempre un fallito nella vita se continui così!".

Il sorvegliante, intontito e incredulo per quelle parole, abbassò l'arma, che Lorenzo prontamente gli sfilò dalle mani.

"Bravo ce l'hai fatta! Ora l'abbiamo in pugno, l'abbiamo in

pugno!".

Lorenzo guardò il sorvegliante dritto negli occhi e gli puntò addosso l'arma.

"Ora! Ora! Spara a questo citrullo!".

"Niente di personale" disse Lorenzo sfoderando un sorriso gelido.

Cinque colpi che rimbombarono come tuoni nella piccola cella trafissero il sorvegliante, che stramazzò al suolo.

"Sì! Ha avuto la fine che si meritava! Ma i vermi sono nudi!".

Il sorvegliante più anziano, al fragore dei colpi, arrivò all'istante e vide il suo collega riverso sul pavimento a pancia in su in un lago di sangue, completamente nudo, gli occhi sbarrati e vitrei. Lorenzo stava in piedi davanti a lui con lo sguardo fisso nel vuoto e la pistola a peso morto in una mano.

"Brutto bastardo! Che cosa hai fatto?". Il sorvegliante più anziano ora tremava di rabbia e stupore, sfilò la pistola dalla fondina e la puntò contro Lorenzo.

Fece per sparare quando quattro braccia lo afferrarono da dietro e lo trascinarono via, nel buio del corridoio. Si sentì solo qualche urlo che dopo qualche minuto si affievolì fino a spegnersi nel silenzio di quella tomba sotterranea. "Bene, ce ne siamo liberati! Bravo soldato!".

"Ora che facciamo Igor?".

"Scappiamo da qui, idiota!".

"Valentina mi aspetta lì fuori?".

"Valentina è morta, morta, morta!".

"Non dire così! Non ricominciare! Vai via!".

"Siamo solo io e te e senza di me saresti già morto, stupido inetto!".

Lorenzo ora era in ginocchio sul pavimento della cella col viso schiacciato sulla parete.

"Portami da Valentina! Voglio andare da lei!".

"Non dire idiozie!".

"Voglio vederla!".

"Allora raggiungila!".

"Sarà felice di vedermi".

"Non gliene frega niente di te! E' cattiva! E' per questo l'hai uccisa!".

"No io... Valentina... ".

"L'hai uccisa! Uccisa, uccisa, uccisa!".

Lorenzo si portò le mani alle orecchie.

"Basta non voglio più sentirti!".

"Raggiungi Valentina all'inferno!".

"Zitto dannato mostro!".

Un rintocco di campane funebri risuonò violento nella testa di Lorenzo.

"Le senti le campane dell'inferno? Suonano per te! Come quella volta che l'hai

uccisa senza pietà!".

Rintocchi sempre più violenti.

"Ora prendi quella pistola e finisci ciò che hai iniziato!".

Lorenzo prese l'arma dal pavimento fetido, si sedette a gambe incrociate e pronunciò le sue ultime parole.

"Imarebil ellad enetac o Erongis ilged Irefni imilgocca len out obmil e itidnerp al aim amina".

Poi infilò la canna della pistola in bocca ed esplose l'ultimo colpo.

Mentre il mondo scompariva portandosi via la sua malvagità, un ultimo flebile fugace pensiero attraversò la mente devastata di Lorenzo: niente di personale.

Rumori nel buio, voci lontane, l'oscurità invade ogni angolo, non c'è più tempo, né spazio. Non c'è più nulla di fisico. Niente dolore. Ma queste voci lontane cosa sono? Sembrano pianti di disperazione. Le voci dei dannati? Quindi è questa la morte? O è solo la mia morte?

In questo spazio infinito non esiste più nessun confine. Posso arrivare ovunque. Forse sono sprofondato nel buco degli angeli immondi. Forse è qui anche lei. Forse Valentina mi aspetta. Forse fra quelle voci strazianti c'è anche lei. Valentina, Valentina. Condannato all'oblio. Non ho scampo. L'eternità mi attende, tenebrosa e straziante. Le anime dannate sanno che si scorderà di me. Mi chiamano con loro. Povere anime condannate al buio eterno. Siamo solo essere biologici sulla Terra, nient'altro che piccoli e insignificanti esseri biologici. "Lorenzo... Lorenzo".

"Valentina... ".

"Ti aspettavo... ".

"Valentina... la morte ci ha riunito".

"Solo l'amore e la morte cambiano ogni cosa Lorenzo".

"Ma qui non esiste più amore, né odio, Valentina".

"E' così che te l'aspettavi Lorenzo? Dimmi, è così?".

"Ti ho ritrovata e sapevo che sarebbe successo Valentina".

"Valentina è solo un ricordo terreno. Lorenzo è solo un ricordo terreno. Così come

i nostri corpi, le nostre vite terrene".

"Che succederà ora?".

"Andiamo via, vieni con me".

Ora vaghiamo come fiammelle impazzite nell'oscurità. Siamo luce e siamo buio, ci rincorriamo, siamo tutto ciò che non siamo mai stati. Tutto ciò che il piccolo mondo terreno ci ha negato.

Amore mortale

Lo guardo. Lui ricambia. Mi fissa a sua volta. Ci scrutiamo, come due cani che si fiutano, come pugili durante un incontro. Non so dire se sia una sensazione di pelle, ma quest'uomo mi infastidisce al solo vederlo. Credo di suscitare in lui la stessa reazione. Non me ne importa nulla in realtà ma odio quando qualcuno si intromette fra me e la mia giornata libera, senza che sia stato io a cercarlo. Non mi piace il suo sguardo viscido addosso. Non mi fa paura ma non mi piace. Sostengo il suo sguardo. Non gli faccio vedere che potrei agitarmi. Rimango lucido. Metto a frutto i vecchi insegnamenti del mio maestro di arti marziali e mantengo la calma. Tengo la mente sgombra.
Fa un passo verso di me. Posso sentire il suo alito pesante. Mi aggredisce, verbalmente. Ecco ci siamo. Punto di non ritorno. Ha lanciato la sfida. Ora non può più tirarsi indietro. E' entrato nel mio territorio. Prima regola delle arti marziali: se qualcuno entra nel tuo territorio, diventa un nemico e va annientato. Mi sputa contro parole che si ficcano come lame nel mio ego. Rispondo a ogni colpo, continuando a fissarlo. Il sudore mi imperla la fronte. La maglietta mi si appiccica addosso. Nuvole nere coprono il sole estivo minacciando tempesta nel cielo. Ora che fa, brandisce un cacciavite che teneva nella tasca della tuta da lavoro. E pensare che ero uscito per i fatti miei, per godermi una giornata all'aperto. Forse morirò questa mattina, o forse sarà lui a morire. Lo incito a calmarsi ma le mie parole sembrano scivolargli addosso come pioggia su un telo cerato. "Non farlo" gli dico "pensa a tua moglie, pensa a tua figlia". Nessun risultato. La

punta del cacciavite mi sfiora la gola. Sento l'odore del metallo. "A loro ho già pensato!". "Ok, l'hai voluta tu" gli dico. Controllo la respirazione, sento i muscoli tendersi, il cuore pompare più forte. E' un attimo. Gli afferro il braccio che tiene l'arma. Posso leggere la sorpresa nei suoi occhi. Stringo più forte. Il dolore lo fa urlare. La mano dell'uomo si apre lasciando cadere l'arma. Il tintinnio del metallo che picchia al suolo mi arriva alle orecchie come un cattivo presagio. Gli giro il braccio dietro la schiena. Con tutta la forza che ho in corpo, lo scaravento contro la vetrata del portone. Rumore secco. Un tuono improvviso copre il rumore del vetro in frantumi. Migliaia di schegge impazzite volano nell'aria. Il cielo si tinge di rosso. Diventa tutto ovattato intorno. Mi avvicino all'uomo che ho appena scaraventato per terra. Tremo. Sento il respiro farsi più pesante. Anche le mie gambe son pesanti, quasi incollate al suolo. L'uomo non c'è più. Al suo posto ci sono una donna e una bambina. E mi fissano in silenzio.

Mi sveglio di soprassalto. Sono madido di sudore. Sento il cuore scoppiarmi nel petto. Non riesco a respirare. Guardo l'orologio. Le 5.30 del mattino. Il cielo plumbeo sembra una coperta di velluto sulla città. Ho bisogno di uscire. Pochi minuti e sono fuori di casa, giù in strada. Cammino per le vie semideserte. Gocce di pioggia cominciano a bagnarmi il viso. Entro in un bar. Non c'è nessuno. Mi siedo al bancone, mi perdo nei miei pensieri e in quello strano incubo. Cerco di non pensarci ma quelle immagini continuano a girarmi in testa. Parte una musica dall'altoparlante. E' una canzone rock anni '70. Parla di una scala per il paradiso e di un pifferaio magico. E il mio spirito sta piangendo per la partenza. C'è elettricità nell'aria. In pochi secondi tutto il locale si riempie di quella litania ipnotizzante. Chiudo gli occhi e mi lascio trasportare dalle parole, dal ritmo, dalla melodia. Sono rapito, inebriato. La canzone finisce, si apre la porta ed entra un uomo. Si siede accanto a me. Ha una tuta da lavoro. Un oggetto metallico gli spunta dalla tasca. E' un cacciavite sporco di sangue. Si volta verso di me senza dire nulla.

"Io lo so cosa hai fatto" gli dico.

"Ho dovuto farlo" mi dice con un sorriso sinistro.

"Perché?".

"Tu non capisci. L'ho fatto perché le amavo".

"Perché le hai uccise se le amavi?".

"Erano così belle. Ho scolpito la loro bellezza nel tempo. Le ho salvate".

"E ora come farai senza di loro?".

"Lui mi ha promesso che si prenderà cura di loro finché non le raggiungerò".

"Lui chi?".

"Lui!".

Mi fa cenno con una mano indicandomi il barista. Lo guardo bene, sembra molto anziano. E' molto alto, magro, ha profondi occhi scuri e denti bianchissimi che si intonano ai capelli. Ha un sorriso che mette i brividi. Non un segno sul volto. Mi guarda continuando a sorridere. Sento una fitta tremenda allo stomaco. Mi alzo e mi dirigo verso l'uscita. Continuo a sentire quello sguardo addosso. Mi mette a disagio, mi fa star male. Apro con forza la porta del bar. La strada non c'è più, la città non c'è più, c'è solo sabbia, una grande distesa di sabbia nera. Comincio a correre sulla sabbia. Cado, affondo, mi rialzo. Continuo a correre. Arrivo davanti a una specie di chiosco. Il barista mi sorride, quel sorriso che fa male. Fitte allo stomaco, brividi. Mi guardo intorno. Vedo volti familiari. Vecchi amici, parenti. I miei nonni. Mi sorridono. Il cielo è rosso fuoco. Il caldo diventa insopportabile. Dal fondo del chiosco due creature mi fissano. Una donna e una bambina. Inizio a piangere.

Mi sveglio col volto rigato dalle lacrime. Panico, smarrimento, instabilità interiore. Silenzio intorno a me. Solo il sibilo del vento che entra dalla persiana aperta. Mi alzo. La boccetta degli psicofarmaci è rovesciata sul comodino. Vado verso la finestra, barcollo, sono intontito. Che giorno è? Quanto ho dormito? Fuori buio, tutto tace. Asciugo le lacrime. Accendo la luce e lo stereo. Lo metto a volume massimo. Il cd inizia a girare e riparte quella dolcissima musica. In pochi secondi tutta la casa è inondata di note rock ad altissimo volume. Ci vuole una musica speciale per questa occasione. Se lo meritano. Vado verso l'armadio. Apro le antine. Appesa a una gruccia c'è la tuta da meccanico. Sul pavimento dell'armadio un cacciavite sporco di sangue. In piedi, appoggiate alla parete dell'armadio, le due creature che sembrano fissarmi: mia moglie e mia figlia sono bellissime. Scolpite nel tempo. Le guardo, sento le lacrime sgorgare. E il mio spirito sta piangendo per la partenza.

"Quanto vi amo!".

Fino alla fine

"Questa sera la luna è strana" disse Lorenzo guardando dalla finestra della piccola mansarda.

Era una serata cupa. Il cielo grigio e senza stelle lasciava intravedere una luna pallida che giocava a nascondino fra nuvole color piombo.

"Già, esattamente come un anno fa" rispose Antonio, dal centro del suo letto su cui era accovacciato. Un'espressione cupa gli si era disegnata in volto.

"Fratello mio" disse Lorenzo voltandosi, "non essere triste. Ricordi il nostro patto? Insieme fino alla fine. Noi l'abbiamo sconfitta!".

"Già... E' stato necessario. Lo dicevi sempre. Dicevi che lo facevi per noi".

"E per la mamma".

"La mamma non è più la stessa da quella sera. E' cambiata. La sento piangere tutte le notti. Un pianto sommesso, inconsolabile". "Shh fa silenzio! Sta arrivando!".

Si udirono dei passi sulle scale. La porta si aprì lentamente, con un leggero cigolio.

La signora Mercedes Torres, in vestaglia e ciabatte, entrò in quella che per quindici anni era stata la camera di Lorenzo e Antonio, i suoi bambini, la sua unica ragione di vita, dopo la morte prematura del marito, avvenuta cinque anni prima a causa di un brutto incidente sul lavoro.

Mercedes lasciò la sua Barcellona quando aveva solo 23 anni, per trasferirsi
definitivamente in Italia con Ettore, più grande di 3 anni. Si sposarono quasi subito, contro il volere della famiglia di

Mercedes, e un anno dopo nacquero due gemelli, Lorenzo e Antonio. Mercedes aveva una nuova vita, un nuovo avvenire. Non era più Mercedes la pazza com'era definita da tutti nel quartiere di Barcellona in cui era cresciuta. Forse per la prima volta era felice, come mai le era capitato prima.

I primi anni trascorsero sereni. Ettore si dimostrò un marito e un padre esemplare, nonostante i due gemelli dessero molto da fare alla giovane coppia. Ma mentre Antonio, col tempo si rivelava sempre più un bambino buono, solare e allegro con tutti, Lorenzo al contrario era sempre cupo, scontroso e spesso la sua cattiveria sfociava in terribili scherzi di cui il povero Antonio, i genitori e i loro amici erano spesso vittima. Lorenzo aveva una luce scura negli occhi, che inquietava chiunque lo guardasse. Gli stessi genitori subivano una sorta di timore reverenziale davanti a quel bambino che sembrava sempre più il frutto dell'odio fra due esseri immondi, anziché il frutto dell'amore di una coppia felice. Così più il bambino cresceva, più nella casa e nella coppia s'intensificava qualcosa d'indefinito e di malvagio. I parenti di Ettore e gli amici iniziarono a star lontani da quella casa e quella famiglia. Iniziarono a circolare anche stupide dicerie che portarono i due gemelli a essere isolati da tutti. Fino al giorno del tragico epilogo.

Mercedes, maestra elementare, stava tenendo una lezione di storia alla classe quando la direttrice irruppe di corsa nell'aula, dicendole che doveva parlarle immediatamente. Fu così che apprese della prematura scomparsa di Ettore.

Lo sventurato, che lavorava come meccanico presso un'officina della zona, fu trovato schiacciato sotto un'auto alla quale stava lavorando. Fu un collega a trovarlo.

La spiegazione più logica fu che i cavalletti che sostenevano l'auto avevano stranamente ceduto, stritolando così il povero Ettore. Il caso fu archiviato come incidente sul lavoro dopo che l'officina fu posta sotto sequestro. Il collega che trovò Ettore quel giorno solo tempo dopo rivelò un particolare sconcertante che riaprì una nuova luce sulla vicenda.

Quella mattina, verso l'ora di pranzo, il piccolo Lorenzo fu visto entrare nell'officina e chiedere dove fosse suo papà, cosa che altri colleghi del povero Ettore confermarono. Una collega di Mercedes, Emilia, confermò che quella mattina il piccolo Lorenzo si allontanò dalla classe dicendo di sentirsi poco bene, per poi ripresentarsi un'ora dopo come se nulla fosse. Davanti alla sfuriata della direttrice, Emilia scoppiò in lacrime. Aveva fatto uscire un suo alunno, fatto grave in una scuola elementare. Ma Emilia piangendo confessò che di fronte allo sguardo del bambino si sentì soffocata e impotente. Furono presi provvedimenti disciplinari ed Emilia fu trasferita altrove. Lorenzo diventò sempre più introverso, cupo, e Mercedes iniziò a vagare per casa parlando da sola. Qualcuno azzardò che parlasse con lo spirito del defunto marito.

Mercedes si guardò nel piccolo specchio appeso alla parete. Non aveva ancora 40 anni ma sembrava una donna ormai consumata dal tempo, dimostrando molti più anni rispetto alla sua età. La si vedeva poco in giro e si diceva ormai avesse perso del tutto il senno. L'aspetto trasandato e non più curato di un tempo la faceva sembrare una stracciona. I capelli grigi e secchi avevano preso il posto della bella e folta chioma nera di una volta e rughe profonde le increspavano il viso scavato.

Ripensò alla legge Rebe, secondo la quale, durante un rito esoterico, se fai del male, inevitabilmente ti ritorna indietro triplicato. Glielo diceva sempre sua nonna, mentre la iniziava ai primi riti esoterici.

"Fai attenzione bambina mia, pensa alla legge Rebe. Fai attenzione o il male ti si ritorcerà contro triplicando la sua potenza".

Ma quel ragazzino, Victor, lei lo odiava con tutta se stessa.

Tutti i giorni, mentre tornava a casa da scuola, a piedi, Victor la picchiava e la insultava, la chiamava stupida pazza, mentecatta. La piccola Mercedes gli promise che gliel'avrebbe fatta pagare, non ascoltando il consiglio dell'anziana nonna.

Un pomeriggio d'autunno, dopo la scuola, Victor la insultò e la minacciò come sempre. Così Mercedes iniziò a correre, sempre più forte, prendendo la strada secondaria che portava al vecchio cimitero. Victor le corse dietro finché non la vide arrivare davanti al cancello arrugginito. Stava lì ferma e sembrava aspettarlo. I tre cani da guardia, tre mastini, vedendola iniziarono ad abbaiare come forsennati, mostrando le zanne e lanciandosi, come se fossero impazziti, contro la cancellata. Quei latrati squarciavano l'aria. Ma Mercedes non mostrò il minimo timore. Scavalcò la cancellata e sparì dietro le antiche lapidi, seguita dai tre mastini.

Dopo qualche minuto Victor prese coraggio e sgattaiolò dentro il vecchio cimitero, finché non la vide. Minaccioso si avvicinò. Aveva un bastone in mano e le sue intenzioni erano più che crudeli. Mercedes lasciò che si avvicinasse. Poi a un tratto guardò il cielo, il quale di colpo diventò scuro. Fece un gesto con le mani e i tre mastini saltarono fuori scagliandosi contro Victor, facendolo a pezzi. Mentre i tre cani dilaniavano il malcapitato, Mercedes scoppiò in una risata che si unì ai latrati delle tre belve. Poi buttò i resti dentro una fossa scavata da poco e se ne tornò a casa come se nulla fosse. Nessuno seppe più nulla di Victor.

Fece una smorfia di disgusto di fronte a quell'immagine riflessa che non le apparteneva più. Si sedette sul bordo del piccolo letto a castello e scoppiò in lacrime.

"Povera mamma! Quanto soffre" disse Antonio, "mi manca tanto".

"Siamo nati per soffrire, fratello mio" rispose Lorenzo.

"Già... Me lo dicevi sempre. Anche quella sera me l'hai detto".

"Non avevo forse ragione?".

"Povera mamma quanto soffre!".

"Mi hai stufato con i tuoi piagnistei, vieni qui e abbracciami".

I due gemelli si abbracciarono stretti mentre Mercedes prese fra le mani il quadretto di una foto che li ritraeva insieme, al mare. Antonio, col costume azzurro, sorrideva, mentre Lorenzo, che odiava il mare, l'acqua e il sole, era vestito di nero e un ghigno sinistro gli increspava le labbra. Non era più entrata in quella stanza da quella sera. L'odore di chiuso e di morte le bloccava il respiro. Guardò fuori il cielo grigio e quella luna strana. Improvvisamente tutto le tornò alla memoria come un lampo: le urla, le preghiere, l'odore di sangue. Tutto nella camera era rimasto come un anno prima. Niente era stato toccato. Sul pavimento c'era ancora il sangue rappreso. Mercedes, sconvolta dai ricordi, aprì un cassetto della piccola scrivania in legno e prese fra le mani quei ritagli di giornale che per un anno aveva conservato.

26 Agosto 2013. Il caso dei due gemelli di 15 anni, archiviato come omicidio-suicidio: le foto dei corpi dei due ragazzini, riversi sul pavimento in un lago di sangue, stretti in un ultimo abbraccio. Lorenzo aveva ancora le forbici in mano e un ghigno sinistro spuntava da sopra la gola recisa.

Mercedes aprì un altro cassetto e trovò il libro del Necronomicon, il famoso libro dei morti.

"Guarda!" disse Lorenzo.

La finestra si aprì di colpo e una folata di vento freddo investì Mercedes. Salì sul davanzale con le mani tese in avanti e gli occhi sbarrati e, guardando fuori quella strana luna, spiccò un balzo. Una leggera pioggia iniziò a cadere, poi sempre più fitta, come se anche il cielo piangesse sulla follia di quella

casa maledetta. "Ora saremo sempre insieme" disse Lorenzo.

"Già..."

Il bar in fondo alla vallata

E' una notte buia. Piove a dirotto e non c'è nemmeno una stella in cielo. Decido di uscire lo stesso. Cammino sul selciato bagnato. Il profilo delle montagne si staglia in lontananza, minaccioso. Arrivo al bar in piazza, l'unico aperto. Entro e ordino da bere. Mentre bevo, penso: mi vien voglia di fumare. La mia sigaretta brilla insieme alle luci dei lampioni.

Entrano tre persone, due uomini e una donna. Sono alticci, quasi ubriachi. Mi guardano. All'improvviso il barista spegne le luci e abbassa la serranda. Risate isteriche. C'è qualcosa che non va. I due uomini e la donna mi circondano, il barista ride, ma più che una risata sembra l'urlo di un animale ferito. Scappo al piano di sopra attraverso la scala a chiocciola. C'è una porta. La apro e mi ritrovo sul balcone. I due uomini e la donna sono dietro di me. Sento il cuore scoppiarmi nel petto. Salto giù dal balcone e atterro sul selciato bagnato. Mi sono ferito a una gamba e zoppico. Inizio a correre. Scivolo, mi rialzo. C'è una stradina sterrata, la prendo. Corro nel buio e arrivo a una cancellata. La scavalco. Mi ferisco a un braccio. Sento il sangue caldo sotto la felpa.

Mi guardo intorno: lapidi, lumini, fotografie. Cammino fra le tombe ma a un certo punto devo fermarmi. Il respiro mi si blocca.

Davanti a me quattro tombe e dalle foto riconosco i volti e gli sguardi. I due uomini, la donna e il barista mi stanno fissando.

Marchio diabolico

Oggi mi trovavo in un centro commerciale, non dirò quale per non fare un'inutile pubblicità. Mentre camminavo fra le corsie, sono stato avvicinato da due ragazze. Una delle due era alta, mora, di carnagione scura con capelli lunghi e lisci e occhi verdi. L'altra era bionda, piccolina con la pelle molto chiara e occhi blu. Dopo avermi fatto alcune domande di carattere pubblicitario, mi hanno entrambe puntato contro una pistola intimandomi di seguirle. Lì per lì ho pensato a uno scherzo, ma poi ho capito che facevano sul serio. Siamo passati dall'uscita senza acquisti come se niente fosse. Le ragazze hanno sorriso ai ragazzi della sicurezza e quegli stupidi ci son cascati in pieno. Quello che le ragazze non hanno notato è che passando da uno scaffale ho preso un pacchetto di caramelle, che ho buttato per terra senza farmi notare, passando davanti al capo della sicurezza. Come speravo quest'ultimo ci ha seguito, insospettito dal mio gesto.

Le due ragazze mi hanno condotto verso un furgoncino bianco e mi hanno spinto dentro. Odore di lubrificanti e benzina mi è salito al naso in una vampata. Mi hanno messo una benda in faccia, minacciandomi di uccidermi se avessi aperto bocca. Il furgoncino è ripartito a tutta velocità, sballottandomi a destra e a sinistra. Una ragazza mi teneva per un braccio, mentre l'altra mi teneva la pistola schiacciata sul fianco. Sentivo il metallo freddo della canna pungermi. Dopo un tempo che mi è sembrato infinito, ci siamo finalmente fermati.

Mi hanno fatto scendere e ho capito dalla saracinesca che si abbassava che eravamo in una specie di garage. Le ragazze hanno iniziato a discutere di qualcosa col tizio che guidava. Il tizio aveva un accento mediorientale. Ho sentito aprire una porta e un attimo dopo mi trascinavano verso una scala che scendeva al piano inferiore. Sentivo i piccoli gradini di cemento sotto i piedi e ormai avevo perso quasi completamente la percezione del tempo. Mi hanno tolto la benda e mi sono ritrovato al centro di una grande stanza quadrata dalle pareti nere e completamente lisce. Attorno a me brillavano le fiammelle di migliaia di candele. Le due ragazze e l'autista erano in piedi dietro di me con lo sguardo rivolto in avanti. Scappare sarebbe stata la cosa più inutile e stupida in quel momento. In quel silenzio surreale solo il battito accelerato del mio cuore mi ricordava che ero ancora vivo. Non riuscivo a capire dove mi trovassi, né per quale assurdo motivo ero stato portato lì. Poi ho capito. Sul pavimento c'era raffigurato un enorme pentacolo. Di fronte a me c'era un altare e nella penombra rischiarata dalle candele, ho visto l'uomo, vestito di nero e incappucciato. L'uomo ha iniziato a recitare un sermone, in latino. Una preghiera ai demoni della Terra che già mi era capitato di leggere su qualche manuale di esoterismo. Il pentacolo, il sacerdote, la preghiera ai demoni. Non c'era altra spiegazione se non quella di essere la vittima prescelta di un rito sacrificale di magia nera.

A quel punto le due ragazze mi hanno preso e avvicinato all'altare, dove il sacerdote ha iniziato a recitare un altro sermone in latino. Quello che è successo dopo è roba di pochi istanti.

Un tonfo sordo alla porta e poi gli spari. Le candele si sono rovesciate e le stoffe che coprivano l'altare hanno preso fuoco.

Mi sono ritrovato su una barella del pronto soccorso del vicino ospedale. I medici dicono che mi hanno trovato in un bosco in stato di shock. A mettermi in salvo mi hanno detto che è stato il capo della sicurezza del centro commerciale. Gli hanno sparato, è stato ferito ma dicono che se la caverà. Le due ragazze sono state trovate carbonizzate nella cantina. Quando i pompieri sono arrivati, si sono trovati di fronte a uno spettacolo agghiacciante. Sulla strada la polizia ha trovato una veste nera con un cappuccio e sono iniziate le ricerche dei due fuggiaschi. Quando il medico del pronto soccorso mi ha visitato, ho notato una cosa strana. Il tatuaggio sull'avambraccio. Dove l'avevo già visto? Una mezzaluna incastonata dentro una stella a cinque punte. Ho cercato di sforzarmi ma vedevo tutto appannato. Poi a un tratto mi si è illuminato tutto. Certo. Ho cominciato a sudare freddo. Le due ragazze quando mi avevano puntato contro la pistola. Non avevo fatto a meno di notarlo: una mezzaluna incastonata in una stella a cinque punte spiccava sulla loro pelle liscia.

Il mistero del mattatoio

Oggi mentre tornavo dalla palestra sono stato attratto da qualcosa che si muoveva in mezzo alla strada. Ho lasciato la moto sul ciglio e mi sono avvicinato. Era un cane, un labrador nero che si contorceva e guaiva. Non sembrava ferito, ma dai guaiti che emetteva, sembrava soffrisse, sembrava il pianto di un bambino. Alcuni automobilisti hanno rallentato, incuriositi dall'animale che si contorceva come un pazzo. Ho chiamato il veterinario di zona e mi ha detto che sarebbe arrivato sul luogo entro 15 minuti. Mi sono avvicinato di più al povero animale, quando improvvisamente si è alzato in piedi e ha cominciato a correre, seminando il caos fra le auto che sopraggiungevano. Gli sono corso dietro, credo più per un atto istintivo che per una vera ragione. A un certo punto si è fermato di fronte a un vecchio caseggiato e ha ricominciato quel guaito sommesso. Il vecchio caseggiato dove il labrador nero si è fermato era il vecchio mattatoio del paese, da anni ormai abbandonato. Quando il cane mi ha visto, è scappato dietro l'edificio. Sempre più incuriosito e con sempre meno ragioni l'ho seguito e l'ho visto entrare da un buco attraverso la parete del vecchio mattatoio. La ragione mi diceva di andarmene ma l'istinto ha vinto. Così mi sono infilato in quel buco e mi sono trovato all'interno del vecchio mattatoio. Un odore di muffa e di marcio mi ha investito immediatamente, costringendomi a tapparmi la bocca con un fazzoletto.
Tutto lì dentro sapeva di morte, di abbandono. Il freddo e il buio erano palpabili. Così mi sono infilato ancora nel buco per uscire, quando quel maledetto cane si è messo di fronte a me e ha iniziato ad abbaiare e ringhiare.

In quel buio infernale i suoi occhi sembravano fiammelle che ardevano. Ero terrorizzato e facevo fatica a respirare in quell'aria fetida. Il labrador nero mi ha stretto il braccio fra i denti e mi ha tirato via. Ho capito che voleva che lo seguissi. Ho tirato fuori il cellulare e ho acceso la torcia. Ho seguito il cane fin dentro quella che doveva essere stata in passato la cella frigorifera. Ganci arrugginiti dal tempo pendevano dal soffitto, a completare quel quadro surreale di morte. Ciò che ho visto in seguito mi ha gelato il sangue.

Appeso a un gancio, c'era il corpo di un uomo. Era completamente nudo e al collo aveva appesa una specie di medaglia, guardandola meglio era un ciondolo a cinque punte, un pentacolo. Il labrador guaiva accucciato sotto quel corpo inerme, probabilmente doveva essere stato il suo padrone. Quel pianto inconsolabile era straziante, per le orecchie, e per il cuore.

Sono tornato di corsa al buco nella parete, ansimante e terrorizzato. Volevo uscire da quel luogo subito e cancellare ciò che avevo appena visto.

Una volta fuori ho chiamato le forze dell'ordine raccontando loro quello che era appena successo e mi sono diretto alla moto. Ho notato subito qualcosa di strano in lontananza, c'era qualcosa sul manubrio. Non ci potevo credere. Appeso al manubrio della mia moto, c'era un ciondolo, ma non un ciondolo qualsiasi, bensì un pentacolo.

Un pomeriggio di ordinaria follia

(Puerto del Rosario)

Ero sdraiato su una spiaggia di Puerto del Rosario e non mangiavo da due giorni. A quei tempi stavo con Valentina. Era accanto a me e leggeva uno dei miei autori preferiti, Bukowski. Credo mi amasse, non perché me lo dicesse spesso, ma credo perché me lo dimostrasse col suo modo passionale di affrontare ogni cosa. Di fianco a noi c'era distesa una ragazza, abbondante, carnosa, burrosa, prendeva il sole e ogni tanto sorrideva, lasciando presagire dietro a quel sorriso pensieri che era meglio non scoprire. Mi ricordò un grosso maiale, di quelli che girano su uno spiedo alle sagre di paese. L'avrei mangiata boccone dopo boccone, con un po' di sale e spezie. Una bella porchetta succulenta da gustare con un buon vino rosso. I bambini correvano e si rincorrevano intorno a noi sollevando nuvole di sabbia, urlavano e urlavano, chissà cosa, in quello spagnolo così stretto. Pensai alle loro madri: chissà dov'erano? Chi a consolare il marito dalla noia, chi a consolare l'amante sfinito, chi a darsi un tono dentro un costume che un tempo le faceva apparire così splendenti. Corpi pulsanti, vogliosi di una scossa. Puttane inconsapevoli, pervertite e psicopatiche nella loro pelle molle. C'era anche una compagnia di ragazzi. Vidi quei ragazzi guardare Valentina. M'immersi nei loro pensieri bramosi e subdoli. Erano brutti, oscene scimmie di mare, pelose e barbute. Sapevo cosa stavano pensando, da maschio conoscevo il pensiero perverso maschile: a senso unico, falso, osceno e volgare.

Gliele avrei spaccate quelle teste da scimmia, avrei messo loro in fila uno accanto all'altro sugli scogli come marionette e avrei spaccato le loro teste vuote. Avrei ucciso i loro pensieri sconci, avrei difeso il mio amore da quelle oscenità. Immondi, beceri figli di una società urlante e pervertita. Sentii un brontolio allo stomaco. La fame mi stava annebbiando i sensi. Decisi di andare a cercare un bar sul lungomare. Mi venne voglia di pesce, annaffiato con abbondante vino bianco.

"Vado a cercare del cibo" dissi a Valentina, che stava ancora divorando le pagine

di quel libro.

"Quando torni?".

"Credo mai!".

"Ah ok. Porta della birra".

"Pensi sempre a bere".

"E tu sei uno stronzo!".

"Ok addio!".

"Prima la birra".

"Ok!".

Mi incamminai sul lungomare. Sentivo gli schiamazzi della gente mischiarsi al brontolio del mio stomaco.

Dovevo rimettermi in forze. Non l'avrei retta un'altra lite. La sera prima erano volati piatti e botte, Valentina picchiava forte e dovevo mantenere la calma e la lucidità necessaria a contrastarla.

Vidi un bar che serviva pesce ed entrai. La cameriera era giovane e in carne e

aveva un bell'accento marcato del sud della Spagna. Avrei mangiato anche lei.

Prima però avrei dovuto ucciderla.

Mi chiese cosa volessi.

"Invitarti a casa mia e mangiarti a bocconi con spezie e

vino!" dissi. Non capì.

"Un'insalata di polipo, calamari fritti, due bottiglie di vino bianco e della birra".

Questa volta capì. Preparò un bel sacchetto e me lo diede, pagai e uscii.

Prima di uscire la guardai e le dissi: "Inizierei a mangiarti le orecchie per poi andare più giù fino a mangiarti tutte le dita dei piedi come tanti spiedini!". Non capì.

"Grazie di tutto e ti auguro una buona giornata. Che Dio ti benedica!".

" Oh gracias señor!". Questa volta capì.

Stappai una bottiglia di birra, una San Miguel molto fredda e la bevvi a grandi sorsate. Il caldo e la sete mi stavano uccidendo. La birra scese giù come miele nella mia gola e mi riappacificò per un momento con il mondo.

Quando tornai alla spiaggia Valentina stava dormendo con il libro di fianco.

"Piccola sono tornato! Ho portato birra, vino bianco e pesce!".

"Ehi era ora brutto stronzo! Quanto ci hai messo?".

"Il tempo che ci vuole. Vai tu la prossima volta!".

Cominciammo a urlare, la ragazza della sagra di paese era ancora lì e ci guardava discutere.

Un aereo passò in quel momento basso sopra le nostre teste. Sentii a malapena
un "Vaffanculo stronzo!".

"Vaffanculo tu!".

"Mangiamo o aspettiamo che si freddi?".

"Ok!".

Valentina era bellissima, una delle ragazze più belle che avessi mai visto e con cui ero stato. I suoi lunghi capelli bruni erano mossi dal vento dell'isola e indossava un paio di occhiali da sole a goccia che coprivano i suoi splendidi occhi verdi.

Mettemmo il cibo e il vino sull'asciugamano disteso sulla sabbia e iniziammo a divorare tutto. Mangiavamo con gusto e il vino bianco aiutava a mandare giù tutto.

Quando finimmo feci un rutto così forte che anche la bagnina, che passava di lì, si girò a guardare.

La fissai a mia volta. Era una bella bruna sui 25 anni. "A te mangerò domani" pensai.

Un altro aereo passò basso sulla mia testa.

"Fai schifo! E smettila di guardare la bagnina!".

"Non rompere! Piuttosto andava bene il pranzo?".

"Sì ma tu resti uno stronzo e guardi sempre le altre!".

"Io le guardo perché le mangerei!".

"E come le mangeresti?".

"Con tante spezie e una spruzzata di succo di mela! E delle grosse patate al forno".

"Sei un bastardo pervertito!".

"Lo so".

"Sei così bello!".

"Grazie piccola".

"Non potrei mai lasciarti!".

"Non farlo allora".

"E tu mi lasceresti?".

"Dipende!".

"Da cosa?".

"Tu fai in modo di non doverlo mai scoprire".

"Ok, passami una birra".

"Non berla tutta lasciamene un po'. Io credo che farò un bagno".

"Hai appena mangiato!".

"Fatti i cazzi tuoi! Sembri mia madre!".

"Ok fanculo. Affoga allora".

"Forse è quello che farò".

"Mi lasci la tua bellissima auto?".

"Sì, insieme alle rate".

"Ok, fanculo tu e la tua stronzissima auto!".

"Ok ciao piccola!".

Mi tirò una bottiglia di vino vuota. La vidi arrivare, la schivai e beccò la cicciona dietro di noi, che si alzò di scatto, indispettita.

Mi buttai in acqua a modo di carro armato e quando mi voltai, vidi Valentina che discuteva con la cicciona. Forse avrei dovuto sculacciarle entrambe. Una bella suonata di tamburo a quattro chiappe. Vidi Valentina tirare un cazzotto in pieno viso alla povera malcapitata. Che le aveva preso? Non l'avevo mai vista così. Il vino mi aveva già addormentato metà del corpo. Mi stavo gustando la scena quando vidi una delle scimmie pelose mettersi in mezzo e prendere Valentina per un braccio e portarla via. Se la stava portando lontano il porco bastardo. Era troppo.

Uscii dall'acqua a passo lanciato, afferrai una bottiglia di vino vuota e la spaccai sulla testa di quel porco bastardo. Sentii la bottiglia frantumarsi su quella testa vuota. Che soddisfazione ragazzi!

Un rivolo di sangue colorò di rosso scuro la sabbia. Il tizio si toccò la testa e si guardò la mano rossa. Poi guardò me, incredulo. In pochi minuti mi trovai addosso tutto il branco. Da una parte c'era la povera ragazza burrosa stesa per terra che si teneva il naso. Dall'altra la scimmia pelosa che si teneva la testa insanguinata. Gente che correva e che scappava. Qualcuno chiamò la polizia. "Che cazzo hai fatto Valentina?".

"Ma che cazzo hai fatto tu?".

"Hai rotto il naso a quella povera ragazza".

"E tu hai spaccato una bottiglia in testa a quel poveretto".

"Poveretto un cazzo! Ci stava provando con te!".

"Oh è vero!".

"Fanculo, beviamoci sopra!".

"Attento Vincent, arrivano!".

"Cazzo!".

Cercai di scappare sulla sabbia, ma ero ubriaco e senza forze. In più ero fuori allenamento, colpa di una vita troppo sedentaria. Ah se fossi stato ai tempi della palestra! Se ci fossero stati qui i ragazzi, avremmo fatto un bello stufato di scimmia. Uno di loro mi afferrò da una caviglia e caddi come un sacco di patate. Mi chiusi a riccio cercando di ripararmi da tutti i colpi che mi arrivarono. Qualcuno lo schivai, qualcun altro entrò e lo sentii. Picchiavano forte quelle scimmie bastarde! Da terra ne vidi due cadere toccandosi la testa, poi vidi Valentina che colpiva nel mucchio alla cieca.

In pochi minuti la spiaggia diventò un guazzabuglio di gente urlante, persone impazzite, bottiglie che volavano e teste spaccate come zucche al sole. Valentina mi trascinò via malconcio, un attimo prima che arrivasse la polizia.

"Grazie piccola. Ho dolore ovunque!".

"Per forza ti han suonato come un tamburo!". "Dammi della birra che mi anestetizza il dolore!". "Ma perché devi sempre fare così Vincent?". "Così come?".

"T'infili sempre nei casini e ci trascini anche me! Sei uno stronzo! Vaffanculo Vincent!".

Nel frattempo arrivò anche un'ambulanza e caricò a bordo i feriti. La polizia portò via il resto del branco e così Valentina ed io restammo dietro gli scogli a bere birra e a guardarci quel ridicolo siparietto, leccandoci di tanto in tanto le ferite. L'avevamo scampata di nuovo. Che razza di stronzi!

Avevo due costole rotte, varie contusioni e lividi, un labbro rotto e una ferita sul sopracciglio destro. Sapevo sopportare bene il dolore, ma dovevo farmi vedere e subito. Finimmo le birre, l'alcool mi stava anestetizzando il dolore.

Poi Valentina scoppiò a piangere e cercò di tirarmi su.

"Dai che andiamo in pronto soccorso, razza di bastardo che non sei altro". "No piccola, non riesco a muovermi. Credo di avere due costole rotte!". "Che stronzo... ok chiamerò un'ambulanza".

"Ci arresteranno!".

"Allora cosa vuoi fare? Rimanere lì a lasciarti morire?". "Non piangere piccola".

"Credo che ti lascerò Vincent". "No non lo farai!".

"Oh si che lo farò!".

E scoppiò in un altro pianto ancora più forte.

"Allora vattene! Fallo ora e lasciami morire qui!".

Poi prese il libro, lesse l'ultima pagina, lo richiuse con forza e corse sugli scogli.

"Valentina dove vai? Brutta stronza!".

La guardai, mentre correva, e provai tenerezza.

Poi la sentii urlare da in cima a uno scoglio:

"SIAMO TUTTI PAZZI

PAZZI PER LA GLORIA, PAZZI PER LA LIBERTÀ E SICCOME SIAMO PAZZI

POSSIAMO SOLO RIDERE O PIANGERE".

Una corsa da brivido

Oggi 22 agosto 2015, dopo tre mesi di ozio assoluto, sono tornato a correre. E sti cazzi direte voi. Non ve ne potrebbe fregare di meno. Giustamente. Il punto non è il fatto che sono tornato a correre dopo tre mesi. Il punto è che mentre correvo mi è successo qualcosa di assolutamente incredibile. Avevo quasi terminato un altro giro nel posto in cui vado abitualmente, la cava di Nerviano, luogo che molti di voi conoscono, quando ho notato un ragazzo di colore che mi è passato di fianco. Mi ha sorriso e poco dopo si è precipitato verso il laghetto attraverso una piccola discesa. Ho proseguito un po' e mi sono fermato all'inizio della discesa. Il ragazzo di colore era fermo sulla riva del laghetto e mi fissava. A un certo punto si è voltato di scatto e si è buttato in acqua. Ho aspettato di vederlo riemergere ma nulla.
Subito mi sono recato al comando di polizia locale appena fuori dal parco e ho allarmato loro dell'accaduto. Mi hanno spiegato che in zona era sparito da qualche giorno un ragazzo di colore. Mi hanno fatto vedere una foto per controllare se corrispondeva ed era esattamente il ragazzo che avevo visto io. Prontamente mi han detto che non poteva corrispondere con ciò che avevo raccontato poiché il ragazzo era scomparso già da diversi giorni.
Dopo una breve discussione hanno deciso di venire con me per vedere il punto esatto in cui si era buttato il ragazzo. Dopodiché un vigile ha allertato i carabinieri, ha chiamato un'ambulanza e una squadra di soccorso acquatico. Arrivarono quasi subito. Gli uomini della squadra di soccorso si sono messi al lavoro, scandagliando il fondale del lago mentre i

carabinieri mi facevano domande sull'accaduto.

Dopo circa un'ora, ahimè, la squadra di soccorso ha ripescato dal lago un cadavere in evidente stato di decomposizione e per quanto malridotto si poteva capire che era il corpo di un ragazzo di colore. Era evidente che il corpo si trovava lì da molti giorni, settimane forse. E' stato portato subito al vicino ospedale per l'autopsia mentre io sono stato condotto in caserma per accertamenti. In caserma ho raccontato l'accaduto ma ovviamente nessuno mi ha creduto e così mi han spiegato che dovrò rimanere a disposizione poiché verrà aperta un'indagine sul caso.

Accaldato e un po' sconvolto, sono uscito dalla caserma e a piedi mi sono diretto di nuovo in cava per riprendere la mia bicicletta. Mentre camminavo, mi sono sentito tirare dalle spalle. Mi sono voltato di scatto ma non c'era nessuno. Di colpo ho iniziato a sentire freddo. Mi sono guardato la maglietta e i pantaloni ed ero completamente bagnato fradicio, come se avessi appena fatto un bagno nel lago. Quasi d'istinto sono corso senza fermarmi fino al parco e poi fino al punto del lago dove avevo visto tuffarsi quel povero ragazzo. Ricordo solo il rumore di un tuffo e l'incresparsi dell'acqua. Sono corso a casa, dove una febbre improvvisa mi ha costretto a letto. Prima di addormentarmi ricordo di aver messo una mano in tasca e aver tirato fuori un sasso, di quelli che si trovano nel lago, sporco di terra. L'ho guardato bene, c'era una parola scritta in caratteri elementari: GRAZIE.

La signora con la vestaglia bianca

Stavo svolgendo il turno di notte all'ospedale, come guardia, quando all'improvviso ho sentito bussare sul vetro della porta d'ingresso. Saranno state circa le 3:30. Ho alzato gli occhi ma non ho visto nessuno. Così mi sono alzato per andare a controllare di persona. Mentre andavo alla porta, ho guardato le telecamere di sorveglianza e ho notato che la luce della camera mortuaria era accesa. Fatto insolito e molto strano, poiché la luce è sempre stata spenta e la porta chiusa dall'esterno. Un cortocircuito ho pensato, magari causato dalla forte pioggia. Ho sentito nuovamente bussare. Sono andato a controllare.

Oltre il vetro c'era una signora con la vestaglia bianca, bionda, con i capelli lunghi fino alle spalle, sulla sessantina, e mi fissava. Dopo qualche secondo d'indecisione e agitazione, ho aperto piano la porta. Le ho chiesto se avesse bisogno di aiuto e lei mi ha chiesto a bassa voce: "Dov'è la camera mortuaria? Mi sono persa". Ho chiuso immediatamente la porta ma la signora restava lì immobile a fissarmi. Conoscevo quella signora, poiché avevo avuto modo di conoscerla tempo prima in altre circostanze. Continuavo a ripetermi che non era possibile che fosse lei.

Sono tornato al mio posto e dalla telecamera ho visto la porta della camera mortuaria aprirsi e la signora con la vestaglia bianca entrare lentamente. Dopodiché la porta si è chiusa alle sue spalle e la luce si è spenta. A quel punto il telefono ha iniziato a suonare. Ho visto il numero interno, era quello della camera mortuaria. Mi si è gelato il sangue. In un gesto automatico, quasi paralizzato dalla paura, ho alzato la cornetta e una voce di donna dall'altra parte mi ha chiesto: "Come vanno lì le cose da quando non ci sono più io?".

Ho messo immediatamente giù la cornetta. Mi sono accorto che stavo tremando dal freddo, come se fossi uscito in strada in inverno senza vestiti. Subito dopo ho sentito un gran tonfo. Uno dei quadri attaccati alla parete di fronte si era staccato cadendo per terra, mandando la cornice di vetro in mille pezzi.

Non so perché ma sono corso in chiesa, forse per puro istinto primordiale. Mi sono seduto davanti all'altare e ho iniziato a pregare, prima solo nella mia mente poi ad alta voce, sempre più forte. La statua della Madonna sembrava fissarmi inquisitoria e aumentava la mia angoscia. Quando mi sono alzato, stavo ancora tremando. Ho visto che c'era il quadro di una foto vicino alla cassetta delle offerte. Non l'avevo mai notato prima, così mi sono avvicinato e l'ho guardato bene. Era la foto di tutto lo staff medico dell'ospedale. Li conoscevo quasi tutti, fra medici e personale di sala, e in mezzo a loro, sorridente, c'era una signora bionda con i capelli fino alle spalle. Sotto la foto c'era una targhetta dorata con la dicitura "In ricordo di...". Il nome era stato grattato via con qualcosa di metallico.

Senza preoccuparmi di terminare il turno sono subito scappato a casa e mi sono messo a letto, credendo di morire di crepacuore. Scottavo e così mi sono misurato la febbre. L'avevo alta e per cinque giorni è rimasta così, senza scendere. Ricordo solo di essere rimasto a letto per cinque giorni senza riuscire a muovermi, paralizzato dalla paura.

In fondo di cosa ho avuto paura? Mio nonno diceva sempre: "Devi aver paura dei vivi, non dei morti". Quanto aveva ragione il nonno.

Testimonianza diretta del Signor Lorenzo Pecci, attualmente ricoverato nel reparto di psichiatria dell'ospedale San Pancrazio. Il signor Pecci è stato trovato dopo cinque giorni in condizioni disumane nel suo letto dalle forze dell'ordine, che hanno dovuto sfondare la porta. Il poveretto era sotto shock, riverso nel suo vomito, denutrito e disidratato. L'allarme è stato dato da una vicina di casa.

Non aprite quel concessionario

Oggi pomeriggio mi sono recato al concessionario per pagare la macchina
nuova. Ho parcheggiato la moto e sono entrato. Dietro una porta vetrata, dentro
un piccolo ufficio c'era un uomo, giovane, vestito bene, il classico venditore. Se
ne stava stravaccato su una poltroncina girevole con i piedi bene in vista sulla
scrivania e un bicchierino di carta in mano, di quelli da caffè. Siccome sono una
persona educata, ho salutato.

"Buongiorno" ho detto.

"E voi che cazzo volete?" mi ha risposto lui.

"Io veramente sarei venuto per pagare l'auto".

"E a me che cazzo me ne frega che sei venuto a pagare l'auto? Quale cazzo di auto?" mi ha detto senza smuoversi dalla sua posizione.

"Quella che ho comprato qui da voi. Ho parlato stamattina con Lara".

"Ah quella puttana! Il reparto troie è di sopra, in fondo al corridoio. Se non c'è lei, chiedete a quella stronza della collega".

"Grazie, gentile" ho risposto, abbozzando un mezzo sorriso.

"Ma non mi rompere i coglioni!" e detto ciò è uscito dall'ufficio gesticolando, imprecando e lanciando il bicchierino di carta sulle scale.

"Giornata difficile" ho detto alla mia ragazza, che aveva uno sguardo tra l'incredulo e lo sbigottito.

"Ha detto di non fare domande" mi ha risposto lei e siamo scoppiati a ridere entrambi.

Siamo saliti nel salone al piano di sopra e prima di cercare l'ufficio dell'impiegata ci siamo messi a guardare le macchine in esposizione. Mi sono fermato di fronte a una Maserati Granturismo grigia. Affascinato da quel bolide, non mi sono accorto della figura dietro di me. "Bella eh?" mi ha detto con un sorriso ironico.

"Fantastica!" ho risposto io.

"Tanto non te la puoi permettere!" e scoppia in una grassa risata.

"Sogna sogna!" ha aggiunto, continuando a ridere.

Poi se ne va fischiettando. Era vestito come il venditore all'ingresso.

Ho guardato la mia ragazza: "Ma, dove siamo finiti alla Parolaccia?".

"Non ci credo!" ha risposto lei ridendo. "Gli faranno dei corsi per essere così? Speriamo che almeno l'impiegata sia normale!".

"Magari è tutta una famiglia di pazzi tipo NON APRITE QUELLA PORTA" le ho detto io.

"Ci appenderanno come salami?" mi ha chiesto lei.

"Li appendo io se mi mandano ancora a fanculo!".

Entriamo in un piccolo corridoio e busso alla vetrata di un ufficio, dove una ragazza bionda è indaffarata sul PC a far che non lo so. Non ci degna di uno sguardo. E' concentrata su quello che sta facendo. Ogni tanto ammicca e sorride, poi torna seria e si mette a scrivere qualcosa.

"Questa qui è su Facebook" dico alla mia ragazza.

La tizia sembra avermi sentito e alza lo sguardo. Finalmente, penso.

Ci guarda, prima me poi lei, poi torna a quello che stava facendo.

"Quindi?" dice a un certo punto senza spostare lo sguardo dal monitor.

"Quindi cosa?" dico io. "Noi saremmo qui per... ".

"E sti cazzi? Io sono in pausa!" dice scocciata.

"Lara non c'è?".

"No!".

"Mi ha detto di passare oggi per pagare la macchina".

"Prova a guardare in bagno!".

A quel punto mi metto a urlare come un pazzo. La mia ragazza si spaventa, cerca di calmarmi, finché non arriva un'altra ragazza che ci fa entrare in un altro ufficio.

"Sei calmo ora?" mi dice.

"Si" le rispondo semplicemente.

"Tu sei quello che ha chiamato stamattina, vero?".

"Si sono Michele".

"Ed io sono Lara. Dai dammi l'assegno e poi levatevi dai coglioni!".

"Ah benissimo" dico sospirando.

Poi esce di gran passo dall'ufficio e quando torna, mi sbatte davanti il contratto.

"Siete venuti in moto? Mi chiede alla fine.

"Sì, l'ho parcheggiata qua sotto".

"Io ho uno scooter a tre ruote. Mi porti a fare un giro sulla tua moto?".

La mia ragazza si alza, visibilmente irritata. Sta per urlarle qualcosa. La fermo e

la porto fuori.

"Aspetta qui" le dico.

"Quella puttana!".

"Dai stava solo scherzando!".

"Sì come no, quella è una troia!" e si mette a urlare come una pazza. Quindi mi tocca accompagnarla giù dove è parcheggiata la moto.

In mezzo al piazzale c'è il venditore incontrato all'inizio. Ha la camicia slacciata e la cravatta sulla fronte. Gira in tondo pronunciando parole incomprensibili.

Mi avvicino. Ha lo sguardo allucinato e mi dice: "Le donne son tutte bastarde!". Torno di sopra per andare a prendermi i documenti e andare via alla svelta da quel posto di matti. Passo dentro il salone e mi sento chiamare.

"Ehi! Sono qui!".

Dentro un'Audi A5 cabrio c'è Lara, sfacciata e spudorata.

"Vuoi scappare con me?" mi urla.

"Voglio scappare da te!".

Entro nell'ufficio ma i documenti non ci sono più. Li cerco in giro ma niente.

Eppure li avevo lasciati lì.

"Cercavi questi?" una voce dietro di me.

Lara, mezza nuda, ha i miei documenti in mano e sorride.

"Va bene" penso "chi se ne frega. Voglio solo andar via da quel manicomio". Scendo in fretta e torno alla moto. Valentina sta piangendo. E' spaventata. Le chiedo cosa sia successo e mi dice che il tizio di prima l'ha minacciata. "Bastardo!" dico.

"Vaffanculo!" urla lei "a questo posto e a tutti quanti! Andiamo via!".

Saltiamo in moto e riprendiamo la strada di casa.

Sulla strada mi fermo a fare benzina e mentre riempio il serbatoio, noto che la macchina affianco a me porta la dicitura del concessionario. "Scusa" gli chiedo.

"Sì? Dimmi".

"Ho visto che hai preso la tua auto da Porcini auto!".

"Sì sì, era un bel posto, brava gente. Peccato!".

"Era? Peccato?" gli chiedo incuriosito.

"Sì, perché non sai cos'è successo?".

"No, non sono di queste parti".

"Un pazzo, un cliente insoddisfatto dicono".

L'uomo alla guida della sua auto parla lentamente, guarda da un'altra parte mentre lo fa, indossa occhiali scuri a goccia.

"Sì insomma, due settimane fa quel pazzo entra e fa una strage. Non s'è salvato

nessuno. Poi non contento appicca il fuoco alle macchine! Una delle impiegate era

mia nipote. Una bella ragazza".

"Per caso si chiamava Lara?".

"Sì Lara, allora la conoscevi?".

"Sì... diciamo di sì".

Comincia a piovere a dirotto. Sono scosso. Valentina se ne accorge ma fingo che vada tutto bene. Le do un bacio, infilo il casco e risalgo in moto, buttandomi nel traffico del pomeriggio, cercando di pensare a qualcuno che possa credere a quest'assurda storia. Mi butto in mezzo alle macchine quasi non ci fossero. Qualcuno mi suona, è un serpente di metallo che vuole inghiottirmi, ma devo uscirne. Valentina urla, la sento da dentro il casco. Sono zuppo, sento il rumore della pioggia addosso, ne sento il profumo.

All'improvviso sento il telefono suonare nella tasca del giubbotto, sempre più forte, un suono che sembra penetrarmi nel cervello. Non sento più la moto, solo il trillo del telefono. Mi sveglio di soprassalto, sono tutto sudato e respiro a fatica. Allungo una mano e afferro dal comodino il telefono che non ha ancora smesso di suonare. "Valentina". Faccio un sospiro e rispondo. "Ehi ciao".

"Ciao! Dormivi?".

"No sono sveglio".

"Ti sento strano. Tutto ok?".

"Sì, solo un brutto sogno tranquilla!".

"Ti ricordi che oggi dobbiamo andare al concessionario per la macchina?".

"Certo!" le rispondo.
"E chi se lo dimentica!".

Ultimo abbraccio

Beatrice e Lorenzo si fermarono sul piccolo ponticello che affacciava sul canale Villoresi. Era una giornata di festa per via della fiera ma il cielo grigio di settembre non prometteva nulla di buono. Il canale era pieno e la sua acqua verdastra scorreva piano, evocando in Lorenzo ricordi lontani, ricordi d'infanzia. "Sai, mi ha sempre messo un po' di paura questo canale" disse Lorenzo.

"Paura? Perché? Che cos'ha che ti spaventa?" rispose Beatrice, guardando fissa davanti a sé il lungo serpente d'acqua verde.

"Non lo so, non è proprio paura. Forse è più... inquietudine".

"Inquietudine" fece eco Beatrice, con una leggera increspatura nella voce.

Lorenzo prese Beatrice e la strinse a sé.

"Tu moriresti per me, Lorenzo?".

"Che domande mi fai?".

"Rispondi! Moriresti per me?".

"Credo di sì!".

"E cosa faresti?".

Lorenzo saltò sul parapetto in pietra e iniziò a camminare avanti e indietro.

"Mi tufferei nelle acque gelide di questo canale per te" e si mise a fare il pagliaccio come suo solito.

"Dai smettila! Scendi di lì. Però mi fai ridere e... ".

Beatrice s'interruppe di colpo. Il sorriso sparì dal suo viso e il suo sguardo
divenne freddo.

"Beatrice che c'è?".

Lorenzo saltò giù dal parapetto e la scosse.

"Beatrice che hai? Non stai bene?".

"Non l'hai vista, Lorenzo? Non l'hai vista?".

"Che cosa? Che cosa non ho visto?".

"Quella faccia!".

"Quale faccia? Ma che dici?".

"Quella nell'acqua! Una faccia di un uomo, rossa! L'ho vista! Era lì nell'acqua e rideva!".

Detto ciò andò di corsa fino sotto il ponte, sul bordo della staccionata di legno che delimitava il canale e lì si fermò. Lorenzo la raggiunse. Lei era immobile, picchiava lentamente i pugni sulla staccionata e fissava l'acqua. A un certo punto alzò un braccio e con il dito indicò un punto nell'acqua. Lorenzo la guardava sbigottito senza sapere che fare.

"Beatrice per favore smettila! Mi stai spaventando! Beatrice!".

"La vedi?" disse. Ma non sembrava la sua voce. Era cupa e fredda.

"Non vedo niente, dai andiamo!".

Così dicendo la afferrò per un braccio. Lei non si mosse, girò semplicemente la testa verso di lui e quello sguardo glaciale fece venire a Lorenzo la pelle d'oca, tanto che le lasciò il braccio e indietreggiò. Beatrice tornò a picchiare i pugni sulla staccionata e a guardare il punto nell'acqua. Poi Lorenzo le sentì dire qualcosa. Si avvicinò ancora e vide che stava parlando da sola.

"Beatrice ti prego" riuscì a dire "andiamo via". Lei si girò verso di lui e con una voce da bambina gli disse: "Lui ha detto che devi morire!" e scoppiò in una risata infantile.

A quel punto Lorenzo, terrorizzato, si allontanò per andare a cercare aiuto, quando lei lo chiamò e con la voce più dolce del mondo gli disse: "Lorenzo amore mio, ti prego, vieni qui e abbracciami forte. Ho bisogno di te adesso".

Mentre pronunciava queste parole, senza farsi vedere, si chinò velocemente e afferrò una pietra che stava lì vicino.

Una coppia di coniugi che in quel momento passava sul ponticello vide la scena e capì che qualcosa non andava, ma prima di rendersi conto di quello che stava per accadere, si consumò il dramma proprio sotto i loro occhi.

Mentre il povero Lorenzo tentava di abbracciare la sua fidanzata, quest'ultima, in una freddezza innaturale, si scostò, scavalcò la staccionata e rimanendo a guardare Lorenzo si colpì la testa più volte con la pietra, fino a diventare una maschera sanguinolenta.

"No! Beatrice, che hai fatto! Perché?" urlò Lorenzo. Un urlo disperato, pieno d'angoscia. Lacrime amare bagnarono immediatamente il suo giovane viso. Senza pensarci scavalcò la staccionata ferendosi però a una mano con un chiodo che sporgeva e cadendo rovinosamente dall'altra parte.

Beatrice nel frattempo aveva già raggiunto le fredde acque del canale e stava per farsi travolgere dalla corrente.

Quando Lorenzo riuscì finalmente a raggiungerla, era già immersa per metà. Cercò inutilmente di prenderla ma Beatrice afferrò Lorenzo per un polso e lo trascinò, con una forza disumana, in acqua. Lorenzo tentò di liberarsi da quella presa ma fu colpito più volte alla testa da quella che poco prima era stata la sua dolce metà.

La coppia di coniugi corse giù velocemente verso i due ragazzi ma non c'era più nulla da fare: i due corpi esanimi venivano ormai trascinati via dalla corrente.

La squadra di soccorso ritrovò i corpi dei due fidanzati solo il giorno dopo, stretti in un sanguinolento, ultimo abbraccio.

Il ponte del Diavolo

Mi trovavo a trascorrere il weekend con la mia ragazza nella casa di montagna. Erano gli inizi di ottobre e l'autunno si era appena affacciato con i suoi colori e profumi. Dopo un violento nubifragio notturno, approfittammo della bella giornata di sole per fare una gita verso uno dei paesini incastonati fra la montagna. Così scegliemmo di recarci sul famigerato Ponte del Diavolo. La leggenda narra che il Ponte fu chiamato così dagli abitanti del luogo di quell'epoca perché era talmente alto e faceva così paura che sembrava fosse una costruzione del Diavolo stesso. Il Ponte del Diavolo fu inaugurato il 10 settembre 1880 ma il suo costruttore non riuscì a vedere ultimata la sua creatura poiché morì qualche mese prima. 100 metri di strapiombo a picco fra le montagne. Così salimmo sul fuoristrada e ci dirigemmo verso l'interno della montagna, attraversando stradine così strette che solo una macchina alla volta può passarvi, e strapiombi così ripidi da far venire le vertigini. Il manto stradale era umido a causa della pioggia della notte precedente e ricoperto di foglie ingiallite e ricci di castagno.

Dopo 15 km circa di curve e tornanti arrivammo a Trasquera, un paesino in alta montagna abitato da poche anime, e attraversato il piccolo centro con la chiesa e il negozio di alimentari, arrivammo finalmente all'imbocco del famigerato Ponte del Diavolo. Trovai uno spiazzo e parcheggiai il fuoristrada. Spesso da bambino ero stato su quel Ponte con i miei genitori e i ricordi si fecero largo violentemente nella mia testa. Così ci incamminammo sul Ponte. Guardando in basso avvertii un senso di malessere, causato dalle forti vertigini. Le due montagne che s'incontrano, la leggera foschia e il torrente che da quell'altezza sembra un rigagnolo d'acqua rendevano il tutto uno spettacolo affascinante e al tempo stesso macabro.

Arrivati a metà del ponte, Valentina ed io notammo un ragazzo appoggiato al parapetto. Appena ci vide, ci sorrise cordialmente. Era giovane, non doveva aver avuto nemmeno vent'anni. Risposi al sorriso e lo salutai. Il ragazzo smise di sorridere e un'espressione cupa gli si disegnò in volto. Mi sporsi leggermente dal parapetto di pietra e il ragazzo, fattosi serio, mi lanciò un avvertimento: "Attento!" mi disse, "è facile scivolare giù dal Ponte in un attimo".

Aveva un accento montano, forse era un abitante del luogo. "Va bene" dissi, "ci starò attento". Poi mi voltai verso Valentina, che stupita mi fece notare l'abbigliamento di quel ragazzo. In effetti, non era vestito come un ragazzo moderno, ma indossava vestiti vecchi, di quelli che si vedono nelle vecchie fotografie dei nonni. Anche la pettinatura era strana, aveva i capelli impomatati come si usavano una volta.

Mi accorsi di aver dimenticato in auto la macchina fotografica, così gli dissi: "Senti scusa, potresti fare delle foto a me e alla mia ragazza? Vado a prendere la fotocamera in macchina".

Mi guardò senza parlare, quasi non avesse capito, fece solo un cenno di assenso
con la testa.

"Io vengo con te!" mi disse Valentina, "questo ragazzino è inquietante".

"E' solo un ragazzino" dissi mentre tornavamo alla macchina, "che vuoi che ti faccia?".

"Non lo so, era strano" mi rispose Valentina con aria quasi assente. Dopodiché tornammo a ridere e a scherzare. Presi la fotocamera dal sedile posteriore, poi dissi a Valentina di andare a sistemarsi vicino al bordo del ponte dove c'era il ragazzo.

"Quale ragazzo?" disse Valentina con un sorriso fra l'ironico e il sarcastico.

"Come quale ragazzo?" dissi io, pensando che mi stesse prendendo in giro come suo solito.

Guardai verso il centro del ponte e, in effetti, non c'era nessuno.

"Si sarà stufato e sarà andato via" dissi con noncuranza.

"A piedi?" rispose Valentina. "E dove?".

"Dove non lo so. Vedi quella galleria in fondo al ponte? Quella che sembra un enorme buco nero?".

"Sì! E quindi? E' stato risucchiato dal buco nero?".

"Chi lo sa... in ogni caso dopo quella galleria c'è una stradina molto impervia che porta a un altro paesino, in cima alla montagna, ancora più piccolo di questo". "E chi ci vive? Babbo Natale insieme al prete, il maresciallo e il farmacista?".

"Certo! Mai sentito parlare dei piccoli aiutanti di Babbo Natale?".

"Scemo! Va beh, vorrà dire che le foto le facciamo da soli".

Nel frattempo arrivammo al centro del ponte, dove avevamo visto quel ragazzo. Mentre mi preparavo per scattare una foto a Valentina, mi accorsi di un particolare e glielo feci notare.

"Hai visto quel mazzo di fiori? Non mi pare ci fosse prima" le dissi.

Sul bordo in pietra del Ponte c'era un mazzo di fiori, dall'aspetto sembravano freschi. Era un mazzo di fiori gialli e blu.

"Infatti non c'erano, o almeno non mi pare" mi rispose Valentina. "Sempre che il ragazzo che era qui prima li copriva e per questo non li abbiamo visti". "O forse li ha lasciati lui per te!".

"E anche se fosse? Sei geloso?".

"Lo butterei giù dal ponte se lo facesse davvero!".

"Meno male che ero io quella gelosa!" disse Valentina ironica.

"La mia non è gelosia!".

"Ah no? E cos'è?".

"Prevenzione!".

"Questa poi... Dai scattami una bella foto!".

"Ok! Questa è per i tuoi fans!".

Così le scattai delle foto, in diverse pose. Valentina era bellissima e reggeva benissimo il peso dell'obiettivo.

Poi venne il mio turno di mettermi in posa. Valentina si divertiva a prendermi in giro mentre mi scattava le foto, e più mi prendeva in giro, più io facevo il pagliaccio.

A un tratto si fece seria e il suo sguardo allegro cambiò espressione. Posò la Reflex in terra e per questo la sgridai. Fece finta di nulla e con la stessa espressione truce venne verso di me e mi disse piano "Guarda!".

Indicò il muro in pietra del ponte. Sul muro, scolpita nella pietra, c'era un'iscrizione:

Guido Varioli
31/05/1921 - 16/06/1938

"Cacchio!" riuscii solo a dire.

Guardai Valentina. Tremava. Era bianca.

Tornammo a guardarci.

"Non può essere!" esclamammo in sincrono. Ero scosso. Non credevo a certe cose. Mi accorsi di avere la pelle d'oca.

"Sono solo coincidenze" continuavo a ripetere mentre tornavamo alla macchina. Volevo solo saltare sul mio fuoristrada e scappare da quel luogo tetro, tornare a casa mia e dimenticare quell'assurda vicenda. Non capivo perché mi sentissi così. Per me certe cose erano solo fesserie, dicerie, leggende. Ne avevo sentite parecchie ma non ci avevo mai creduto. E poi in fondo quel ragazzo poteva essere chiunque, un ragazzino che passava di lì e che poi stufo, se ne era andato. Ma quel modo così antico di vestire, quell'acconciatura di una volta, e quelle parole: "Attento! E' facile scivolare giù dal ponte in un attimo".

Mi accorsi di avere paura. Anche Valentina se ne accorse ma non mi disse nulla.

Non parlò finché non arrivammo a casa.

"Senti" mi disse, "Io so che non credi a certe cose, ti conosco, ma vedo che hai paura, tanta, forse stai iniziando a pensare che certe cose non sono cavolate". "Non esistono i fantasmi, Valentina!" urlai.

"Va bene. Adesso però calmati. Ti va un aperitivo?".

"Certo va bene... Solito posto?".

"Dall'Olindo o all'Antica Osteria?".

"Antica Osteria".

"Aggiudicato!".

Al tavolo, mentre sorseggiavamo il nostro Prosecco e mangiavamo del

buonissimo prosciutto locale, Valentina ed io discutemmo ancora della vicenda.

Poi con una scusa mi alzai e andai vicino a un vecchietto che era seduto al

bancone a bere del vino.

"Mi scusi" gli dissi.

Mi sorrise e mise giù il bicchiere.

"Dimmi ragazzo. Non sei di qui, vero?".

"No... Possiedo la casa qui ma vivo da un'altra parte, vicino a Milano".

"Ah Milano... Ho lavorato a Milano da giovane".

"Lei quanti anni ha?".

"Eh caro ragazzo, ne ho tanti, tanti... 94".

Il barista sorrise.

"Complimenti!" dissi. E intanto pensai: "E' del 1921... La stessa età". Sentii un brivido freddo lungo la schiena.

"Oggi sono stato al Ponte del Diavolo" gli dissi poi.

La sua espressione cambiò.

"Conosce quel luogo, signore?".

Diede una bella sorsata di vino e poi mi disse: "Non devi andare in certi posti.

Sono brutti e pericolosi. Sei giovane, goditi la vita con la tua fidanzata".

"Capisco" dissi. "Seguirò il suo consiglio".

"Senta", dissi ancora, "conosceva un certo Guido Varioli?".

Mi guardò con un'espressione languida. Da quegli occhi azzurro intenso traspariva un'infinita saggezza.

"Guido... Povero ragazzo... Ricordo quel giorno... Io ero lì. Era una domenica. Non lavoravamo e avevamo deciso di fare una gita in bicicletta, all'insaputa dei nostri genitori che non l'avrebbero mai permesso. Quello è un luogo maledetto, me lo diceva sempre mio padre. Eravamo in quattro. Il Gigi, il Franchino, Guido ed io, pace all'anima loro. Eravamo giovani, abituati alla fatica e non ci spaventavano tutti quei chilometri in salita. Quando arrivammo sul Ponte del Diavolo, fummo esausti e sentimmo il bisogno di sederci. Era un pomeriggio di Giugno, era l'inizio dell'estate. Eravamo giovani e spavaldi, e quel giorno, su quello stramaledetto ponte, chissà come, ci sentivamo invincibili".

Nel frattempo alcune persone si radunarono intorno a noi per ascoltare quella storia. L'Antica Osteria era piena di vecchie foto in bianco e nero. Così la mia curiosità morbosa andò oltre ogni limite.

"Guido cominciò a fare lo sbruffone. Era il più irrequieto di noi quattro. Povero

Guido… Che Dio l'abbia in gloria. Insomma, a un certo punto si lanciò contro il

parapetto del ponte, strillando al vento".

"Strillando al vento?" dissi.

"Già... Si mise a inveire contro il Diavolo! Roba da non crederci!".

Tutta la gente intorno era ammutolita e incredula. Il barista gli servì un altro bicchiere di vino rosso. Fece una lunga sorsata e continuò.

"Urlava frasi come: Non mi fai paura! Prendimi se ci riesci! Cose così. Noi lo prendevamo in giro e gli dicevamo di smetterla, ma Guido sembrava non sentirci e a un certo punto si mise a cavalcioni sul ponte. Non facemmo in tempo a fermarlo, purtroppo. Qualcuno da laggiù lo ascoltò. Scivolò giù proprio davanti ai nostri occhi. Un volo di cento metri. Trovarono i resti solo qualche giorno dopo. Aveva solo 17 anni. Povero Guido, non si scherza con il Demonio". "Non avrebbe delle foto dell'epoca, signore?" chiesi.

"No, ma qui nel locale, fra le vecchie foto, dovrebbe essercene qualcuna del Ponte e di Guido".

"Davvero? Potrei vederle?" chiesi al barista.

"Vieni qua dietro" mi disse.

Il barista tirò fuori da un cassetto dietro al bancone un vecchio album di fotografie rilegato in pelle. Iniziò lentamente a sfogliarlo, finché non si fermò sulla foto del famigerato Ponte del Diavolo.

"Eccolo!" esclamò.

"Già...1880. L'anno in cui fu terminato" dissi.

"Il costruttore non l'ha nemmeno visto" disse il vecchietto, che nel frattempo era

passato dietro al bancone.

"E' morto prima?" chiesi.

"Sì. Pare si sia suicidato. Pace all'anima sua".

Poi il barista girò un'altra pagina. Il vecchietto sbarrò gli occhi.

"E' lui?" chiesi.

"E' lui!" rispose.

Da una vecchia foto in bianco e nero degli anni '30 lo stesso ragazzo, che quel pomeriggio vedemmo sul ponte, stava sorridendo. Mi si fermò il cuore. Iniziai a tremare. Mi dovetti sedere.

Chiamai Valentina. Dissi al barista di farle vedere la foto. Valentina per poco non svenne. Poi le raccontai la storia di Guido e dell'incidente. In seguito fu la nostra volta di raccontare ciò che ci era successo sul ponte. Ma nessuno ci credé. Così ce ne andammo, ubriachi e impauriti, fra i vicoli ormai semibui del piccolo paesino montano.

Il giorno dopo, tornato a casa, scaricai le foto sul computer. Chiamai immediatamente Valentina.

"Ehi ciao, vieni subito qui!".

"Va bene. Che succede? Ti sento strano".

"Ho scaricato le foto. Devi vederle!".

Quando aprii le foto, Valentina urlò e scoppiò a piangere. Cercai di calmarla ma era terrorizzata. Girava per la casa piangendo. "Ora ci credi?" mi disse poi. "Ci credi o no?".

"Credo di sì" dissi tremando.

Poi Valentina venne da me e ci abbracciammo forte. Guardammo ancora le foto sul monitor del computer.

In tutte le foto, un ragazzo dietro di noi sorrideva. Indossava abiti vecchi e aveva una strana acconciatura, come si usava una volta.

Guido Varioli
31/05/1921 - 16/06/1938

Ringraziamenti

Ringrazio in primis la mia ragazza Valentina, per il suo costante supporto morale e perché senza di lei tutto questo non sarebbe mai stato possibile.

La Big Family (Pino, Anna, Eleonora e nonna Maria) per il loro sostegno.

Mio fratello Alessandro, per i suoi consigli tecnici.

Mio papà, per avermi trasmesso questa passione.

Mia mamma e mia sorella Elena per il loro sostegno.

Tutti quelli che hanno sempre creduto in me, anche quando questi racconti erano solamente bozze scritte a computer.

Tutti quelli che non hanno mai creduto in me, per poter dimostrare loro il contrario.

Detto questo, spero di aver fatto un buon lavoro.

Indice

www.ingramcontent.com/pod-product-compliance
Lightning Source LLC
Chambersburg PA
CBHW021926170626
46807CB00007B/3005